Alias

Du même auteur

À mon seul désir, Buchet-Chastel, 1965, réédité en 1992.
Des roses plein les bras, Buchet-Chastel, 1966.
Une fille cousue de fil blanc, Buchet-Chastel, 1970, réédité en 1995.
Jérémie la nuit, Buchet-Chastel, 1976.
La vie n'est pas un roman, Grasset, 1978.
Le Cœur en quatre, Grasset, 1981.
Et si on parlait d'amour, Le Seuil, 1986.
L'Homme de peine, Grasset, 1989, réédité en 1991.
Les Heures dangereuses, Grasset, 1992.
La Grosse et la Maigre (avec Christiane Collange), Albin Michel, 1994.
La nuit dernière quand j'étais jeune, Albin Michel, 1995.
Trahisons sincères, Éditions de l'Olivier, 1997.
L'Honneur du chômeur, Denoël, 1998.
L'Empreinte des choses cassées, Grasset, 2008.
Vivre libre, L'Éditeur, 2011.
Moi Président, Stock, 2014.
Et si tu n'existais pas, Stock, 2017.

Claire Gallois

Alias

roman

Flammarion

ISBN : 978-2-0802-3528-2

Pour Tony 15 ans, Judith 1 an,
Julien 4 ans et Omar 12 ans

La mort m'a plus d'une fois sauvé la vie. Depuis l'enfance, elle m'est apparue comme un instrument de liberté. Et la fonction de la liberté est d'échapper à l'oppression du pouvoir exercé par certains êtres, certains événements sur vos décisions personnelles. Parfois, il semblerait qu'il vaudrait mieux disparaître pour contenter tout le monde. J'ai compris la leçon très tôt. Quand je me trouvais dans une situation qui dépassait le seuil tolérable de la douleur, je l'affrontais sans faiblir, je me disais : « M'en fiche, je m'évaderai quand je veux, c'est moi qui choisirai mon heure. Ceux-là ne m'auront pas vivante. » Pour moi, c'était un privilège que les grands n'avaient pas.

J'ai vécu jusqu'à l'adolescence en toute sérénité. Je n'avais qu'un seul but : grandir. Grandir pour partir. Mon seul tourment était l'impatience. Je prenais trop souvent la mesure de ma croissance avec un centimètre et un crayon tenu sur la tête pour laisser une marque au dos d'une porte de placard. Parfois, j'étais découragée : quand est-ce que je serais grande ?

C'est arrivé d'un seul coup. Avec l'accident fatal qui a fauché l'aînée de cette famille. Sur la route, les gendarmes avaient tracé à la craie le contour de son corps et ma mère, totalement asservie à la douleur, m'a craché au visage : « Pourquoi n'es-tu pas morte à la place de ta sœur ? »

Un vent venu de nulle part m'a figée en statue. Oui, j'ai voulu mourir sur le coup. Et puis je me suis posé la question idiote que se pose un enfant : « Mais comment on fait ? »

Si j'en parle aujourd'hui, c'est à cause d'Alias. On l'avait enfermé dans une vision de son quotidien, et même de son avenir, en circuit fermé. Des parasites salariés d'une institution judiciaire lui collaient aux trousses. Voulaient lui imposer leur théorème des bons sentiments, au mépris de ce qu'il avait enduré, de son désespoir.

Il a été plus fliqué qu'un voleur. Après l'intervention pleine de douceur et de compassion de la brigade des mineurs, il a passé une nuit entière à plat ventre à marteler, poings fermés sur son matelas, à hoqueter sans une larme et tout bas : « J'en veux pas de cette petite vie de merde. »

Quarante ans nous séparaient mais il m'a donné le sentiment d'une transmission des blessures, comme si elles se reliaient en secret à seule fin de se reproduire. Comme si le passé et le présent se rejoignaient dans l'intime. Comme si même des années mornes ou brillantes de bonheurs divers se fondaient, elles aussi, dans toutes les souffrances d'une terre morte.

Alias est un prénom mystérieux. La plupart du temps, on est bien incapable de deviner lequel est la vraie personne. Cela peut être aussi un nom de guerre. Ou encore, un nom de domaine, une façon de dire « autrement ». Alias ne pouvait pas m'appartenir. On ne possède pas un enfant comme un capital. C'est pourquoi je l'ai baptisé ainsi. Alias n'est pas le nom sur le livret de famille du petit garçon que j'ai rencontré et aimé. Il existe un risque incontournable au fait d'aimer : le fait d'être incompris, le fait d'échouer. Nous avons connu les deux. Nous ne nous oublierons jamais. Nos souvenirs seront sans doute différents, certaines vérités de chacun gardent leur mystère, quel que soit le partage.

Maintenant, Alias est grand. Le fait de l'appeler ainsi me rend libre. L'écriture est la seule discipline où les critiques ne peuvent s'exercer que sur la forme d'un récit, il ne peut être pénalisé par d'éventuelles controverses sur la vraisemblance des faits. Moi qui n'ai jamais fait que lire les autres, aujourd'hui, pour la première fois, j'ai besoin d'écrire cette histoire, notre histoire.

L'idée m'en a surprise, comme un coup à l'estomac, à l'énoncé d'un extrait de procès-verbal dressé par la police du commissariat de quartier : « Violence suivie d'incapacité n'excédant pas 8 jours sur un mineur de 15 ans par un ascendant ou une personne ayant autorité sur la victime. Victime blessée à mains nues sans mobile apparent. » C'est son père qui m'a tendu ce bout de papier, en se retournant devant sa porte cochère, un simple hasard de circonstance, impossible à prévoir, je ne sors jamais très tôt le matin. Il a semblé comme happé au passage par ma présence – ce qui ne s'était jamais produit. À le voir ainsi figé, presque méconnaissable, il m'a fait rejoindre aussitôt la peur intérieure qui se lisait sur son visage. Un genre d'absence au passé, balayé par une menace dont on pressent le danger sans pouvoir encore en mesurer l'importance. Nous sommes restés un moment, immobiles sans un mot, face à face sur le trottoir, dans la sidération partagée de l'impensable. Mon bref coup d'œil sur le procès-verbal m'avait rendue muette à mon tour.

Le père et la mère d'Alias étaient des gens au sourire immédiat quand nous nous croisions. Nous habitions la même rue. Nous nous rendions toujours service. Son papa, Maxime, dépannait mon chauffe-eau ou empoignait au passage mon panier de courses trop lourd. Bébé, j'ai gardé assez souvent Alias pour tirer d'embarras sa maman quand ses rendez-vous tombaient à l'improviste. Elle était inscrite dans une agence de mannequins, Dream City, et elle figurait chaque saison dans le catalogue de La Redoute, collections Robes à fleurs ou ceintures Sportfy. Elle posait aussi pour les soutiens-gorge destinés aux poitrines généreuses « Perfect silhouette ». C'était donc une très belle fille, port de tête d'altesse, sourire à faire pâlir un dentiste. Elle l'affichait, sans trace de restriction, ce sourire trop beau, enthousiaste quand elle soulevait à bout de bras son bébé dès qu'il y avait deux ou trois personnes en vue. Elle le tenait très haut, comme elle aurait pavoisé avec un drapeau (elle l'habillait chez « Idéal Baby »), et riait encore plus fort à la cantonade avant de proclamer : « C'est mon fils, mon amour », avec de gros baisers sur le petit crâne adouci d'un duvet blond de poussin, tant qu'elle pouvait recueillir des mines attendries ou joyeuses. Moi je l'admirais parce que, depuis l'âge de six ou huit mois, dès qu'Alias m'apercevait, il entamait une vive bascule de tout son petit corps vers moi et elle n'était pas jalouse. Elle riait encore en me le flanquant dans les bras. Personne n'aurait imaginé qu'elle riait un peu trop pour être franche.

Tout le monde avait été pris de court, à la mairie, le jour de la cérémonie. À la lecture de l'état civil des conjoints, l'assistance avait découvert qu'elle avait déjà été mariée. Deux fois. Cette surprenante récidive, chez une si jeune femme, fit naître dans l'assemblée ultrachic un discret murmure. Si encore elle avait été veuve, les invités auraient pu se réjouir de voir en cette nouvelle union le choix d'une âme miraculeusement sensible. Mais quand les réjouissances sont de mise officielle, le cœur et la raison se disputent une issue : opprobre ou compassion ? Ricanements ou bravos ? Une coalition de crédules égayés l'emporta et certains applaudirent. Futée comme elle était, l'obstinée du mariage tenait son sauvetage : des larmes, des sanglots, des « pardons » étouffés, et elle s'était jetée au cou de son nouveau mari qui l'avait serrée dans ses bras pour la réconforter : « Mais on s'en fiche, nous, Chouchou, calme-toi, on est heureux ! »

Maxime est courtier en assurances, il sait très bien que chaque risque a son prix. Il avait raison, oublier deux maris précédents, cela peut arriver à tout le monde, bien sûr. Se faire appeler Chouchou aussi. Elle n'aimait pas son vrai prénom, Noëlle, assez convenu, certes, mais il y a pire. Chouchou par exemple. Pour elle, ça voulait dire aussi « chérie, favorite », elle le revendiquait.

Telle que je l'ai connue, Chouchou se maintenait, même au quotidien, dans la représentation. Celle-ci est par définition égoïste, amorale, mais le plus souvent on ne peut pas y résister, seulement s'y soumettre. Elle s'exerçait à ne pas déchoir du premier rôle. Quand elle a cessé de paraître toute-puissante, elle a endossé celui de victime. Et avec quel succès ! Mais cela est pour plus tard.

Pendant deux ou trois ans après leur divorce – survenu quelques mois après le mariage pour cause d'incompatibilité entre le quotidien conjugal et les absences de plus en plus fréquentes de Madame qui volait jusqu'à Singapour pour poser entre les pousse-pousse et étoffer le catalogue de La Redoute –, j'ai continué à voir Alias. Quand son père, qui occupait toujours le même appartement, était en manque de nounou, j'allais le chercher à la crèche, à la maternelle, puis au CP, j'ai même dû faire le CE1.

On s'amusait bien. Si le ciel était beau, on faisait un tour au manège magique où un lama, une vache, une poule et même un dinosaure valsaient à la queue leu leu sous l'égide d'un lutin en habit rouge qui tournoyait en douceur pour frôler le front des petits ; ils tendaient en vain leurs deux bras pour l'attraper. Je ne suis pas une fan avérée des bébés. Quand j'ai vu Alias pour la première fois, il avait quelques jours. Je ne sais pas ce qui s'est passé. L'amour a tellement de visages. Il a pris aussitôt celui d'Alias. Comment ? Pourquoi ? La réponse m'importe peu. Encore qu'elle m'effleure souvent : où que tu sois, Alias, et même si tu préfères (peut-être) ne plus me revoir, grâce à toi, je ne serai plus jamais seule au monde.

En garde alternée, Chouchou a continué à tenir le rôle de la maman attentive, aimante. Pour moi, un danger ne se résume pas à partir d'un « avant » et d'un « après ». Je sais maintenant qu'il se fabrique avec plein de petits riens, et même avec ce qui est dit sans y penser (comme on continue de voir des amis de loin en loin, parce qu'on y reconnaît un détail qui fait écho à notre propre vie).

C'est seulement avec le recul que me reviennent certains épisodes auxquels je n'avais pas accordé une attention soutenue. Après la naissance d'Alias, Chouchou avait vite repris son travail, « Ça l'épuisait de parler bébé ». Pas moi. Je venais donc m'occuper de lui, captivée sans fin par sa découverte du monde. Le tout petit doigt qui s'élevait pour la première fois et le regard du nouveau-né qui n'en croyait pas ses yeux. La marionnette dansante qu'il voulait toucher… sans succès et qui éveillait ses premiers sourires. Sa menotte qui tentait toujours de me tirer les cheveux et les baisers partout, même sur son nombril quand je le changeais et qui se transformaient en vrais rires sonnants et trébuchants.

J'attendais que sa mère rentre pour partir mais il lui fallait se démaquiller, téléphoner surtout et tout le temps, et elle me demanda un jour en chuchotant, faute de pouvoir interrompre son bavardage passionnant, de donner au bébé le biberon qu'elle venait de préparer.

J'ai installé Alias dans sa chaise haute, refermé un par un ses petits doigts sur le biberon, pour qu'il apprenne à le tenir. Par chance, le biberon est tombé et, sur le carrelage, il est devenu tout mousseux. Elle avait versé le lait sur du Paic vaisselle mal rincé. Je passerai au plus vite sur le soir où, toujours appareillée de son iPhone et alors qu'elle ouvrait la porte, elle m'a fait signe du pouce pour changer Alias avant de sortir. Je me suis donc rendue dans la grande pièce à vivre où Chouchou avait poussé son berceau pour téléphoner tranquille. L'enfant ne gigotait pas, ne gazouillait pas, il gardait les yeux grands ouverts sur son mobile musical Fleur de lune, cependant à l'arrêt. J'ai posé le doigt sur sa joue. Beaucoup trop fraîche. J'ai hurlé : « Chouchou, prends le bébé tout contre toi, sur ta peau nue, sous ton pull-over, j'appelle le Samu ! »

Plus tard, Chouchou, bouche bée, s'est défendue : « Ma mère m'a dit qu'il fallait prévenir le docteur quand ils avaient 40... » Je ne lui en ai jamais voulu. Ce n'était pas sa faute.

Elle me l'a bien dit. En fait, pas elle, mais Darwin : « En l'état actuel des connaissances scientifiques, rien ne permet d'affirmer qu'il existe un instinct maternel dans l'espèce humaine. »

Peu à peu, je n'ai plus considéré la vérité de la même manière. J'ai cessé de croire que les apparences ne sont pas du domaine du réel. Chouchou adorait vouloir s'occuper de son fils… à condition que l'on s'en occupe à sa place. Chez Maxime, où elle venait chercher Alias pour l'emmener dans sa poussette et exercer sa semaine de garde, elle s'installait parmi les coussins de canapé, les genoux sous le menton, tandis qu'Alias, debout, trépignait, s'accrochait aux barreaux de son parc. La plupart du temps, je m'y asseyais avec lui pour qu'il ne s'y sente pas prisonnier. Elle me racontait son petit monde mirobolant, ses fêtes, les grands restaurants où elle était conviée. Le Super Ducasse, « Tu ne peux pas savoir, la dimension symphonique qu'il donne à sa cuisine. » Elle avait l'art de mettre en avant les citations qui fleuraient le beau monde qu'elle fréquentait. Elle me montra même une fois un petit carton doré où figurait le numéro du canard que son hôte lui avait fait savourer à la Tour d'Argent. « Tu comprends, il faut vivre sa vie à fond, j'ai commandé à la carte ce qu'il y avait de plus cher. » Elle parlait avec empressement, elle riait, ses cheveux dansaient, elle agitait les mains, il était génial, cet homme, et il gardait son mystère, elle ne comprenait pas tout, je pourrais peut-être lui expliquer ? Et elle me brandit sous le nez son foutu iPhone pour me montrer le texto qu'il lui avait envoyé après le fabuleux dîner : « Vous n'avez pas beaucoup d'intuition… » Elle en restait la bouche ouverte. Cela voulait dire quoi ? Ma réponse était honnête : « Juste que tu as beaucoup d'appétit. »

L'appétit, hélas, il m'était revenu à l'esprit en me remémorant, par fragments, lorsque je m'en sentais capable, le procès-verbal de la police, que Maxime m'avait rapporté sous l'intitulé : « Compte rendu d'infraction initial ». J'exerce un métier de l'ombre, correctrice. Je n'ai pas de contrat, pas de contrainte, mais il faut appréhender la cohérence des mots pour mettre au clair le sens général du texte. La forme, c'est le fond qui remonte à la surface, disait Victor Hugo. Les constats de police semblent toujours s'en inspirer. Syntaxe, orthographe, ponctuation, rien à redire, tout fait sens. Je pourrais les écrire à leur place, si on me le demandait. La preuve ? Je m'y risque : Nous, agent de police judiciaire en résidence à Paris. Nous trouvant en service. Agissant en matière d'enquête préliminaire. Constatons que se présente devant nous le jeune Alias B., 8 ans, assisté de son père. Le déclarant :

« Je suis au bout de la situation, je ne sais plus qui je suis et j'ai peur de ma mère, je suis prêt à partir. Mes parents sont séparés. Elle m'a régulièrement giflé et frappé depuis. Ma mère m'a toujours dit après m'avoir donné des coups que si j'en parlais à papa, elle irait en prison et moi en foyer le temps que le juge statue. Au moment de prendre mon bain, elle me fait déshabiller en me tapant avec un bâton de chaise qu'elle a cassée en me cognant. Elle m'a déjà griffé en arrachant mes vêtements. Elle me secoue pour que je pleure mais je ne pleure pas, et elle : “Le silence des poltrons, tu connais ?” Ma mère m'interdit de parler des coups que je reçois, elle me dit : “Sinon ce sera pire.” Ma mère m’insulte en me disant : “T’es qu’un raté, un guignol sans couilles, je voudrais te voir mort, la bouche ouverte, j’écraserai tes os à coups de talons, je les jetterai à ronger aux chiens et ils te pisseront dessus quand ils auront fini”. »

Je ne sais pas si j’oublierai un jour cette phrase. Chaque fois que j’y pense, je grimace un clin d’œil à l’intention de Chouchou : Bon appétit. Quand tu rongeras l’os de ton prochain canard Ducasse. Mais c’est difficile à digérer.

Il est vrai qu’Alias avait grandi, il n’était plus le joli bébé flatteur qui lui avait valu tant de compliments. Dès la maternelle, il s’était montré résolument heureux, débordant de rires même quand cela lui attirait les remontrances de la maîtresse et qu’il se cachait sous la table comme si elle allait le frapper avec une règle, et son rire se communiquait à toute la classe tant l’idée d’un châtiment paraissait alors ridicule à chacun. Comme j’étais sa voisine, je pouvais facilement l’attendre à la grille de l’école avec son pain au chocolat, je le regardais progresser dans la bousculade empressée des enfants et j’imaginais voir sur son visage la même impatience que j'éprouvais à le serrer dans mes bras. Je l'entendais déjà rire encore et il se jetait contre moi, s'accrochait à mon cou, ses jambes autour de ma taille, et il me disait : « Je t'aime, je t'aime, je t'aime. » Et c'était un moment parfait.

La perfection en prit un coup le jour où Alias, au pied du toboggan dans le parc, allongeant la nuque, se hissant sur la pointe de ses Nike (imposées par Maman, qu'est-ce que vous croyez ?), ses cheveux dorés pleins des premiers rayons du soleil au déclin, me dit avec une gravité qui n'était pas de son âge : « Pourquoi c'est pas toi ma maman ? »

Avec cette phrase, Alias ajoutait une option, une référence à l'histoire qu'il traversait, et elle n'était pas à mon avantage. Quel rôle étais-je en train d'usurper, de confondre, étais-je en train de mélanger les peurs qu'il éprouvait avec les miennes ? Et en même temps, il m'était impossible d'imaginer que l'autre intervenante, la biologiquement et juridiquement valable, le tiendrait mieux. Avoir un enfant ne vous fait pas plus maman que pianiste. Elle n'avait rien d'une mère. Mais pour Alias, selon la loi, moi non plus. Que lui répondre ? La vérité ? J'ai grimpé avec lui en haut du toboggan, je l'ai serré à pleins bras et, pendant la brève glissade où il poussait des petits cris de joie, la bouche contre son oreille, je lui ai dit tout bas : « Je t'aime pour toujours mais personne ne peut changer de maman. »

Deux ou trois ans plus tard, à la brigade des mineurs, une policière lui avait demandé : « Et si ta maman se faisait soigner, tu accepterais de la revoir ? » Alias avait imposé un arrêt au temps. Pas de réponse. Il m'avait joué le même tour.

Suite du PV n° 61127/85/77

L'officier de police. Plainte.

Le déclarant :

Sur les blessures.

J'ai été blessé à plusieurs reprises. Je prends acte qu'une décision judiciaire va m'être délivrée afin que je me fasse examiner par un médecin des urgences médico-judiciaires.

Sur les auteurs :

L'auteur est ma mère.

Oui, je pourrais la reconnaître sur une photo.

Je n'ai rien d'autre à ajouter.

De même. Suite :

Entendons Monsieur Maxime B. pénalement et civilement responsable qui nous déclare : Je prends acte des déclarations de mon fils et je tiens à préciser que j'ai peur pour son état de santé. Vous m'informez également que je pourrais me porter partie civile dans le cadre où l'auteur sera identifié et interpellé.

Alias avait une petite dizaine d'années. Après cela, Maxime a commencé à insister pour que j'aille le chercher tous les jours à l'école, au mépris de mon emploi du temps personnel et de mon métier de correctrice, certes à domicile. Lui si attentif à autrui d'ordinaire. Il rabâchait : « C'est important. » Je m'étais foulé la cheville et je sautillais sur un pied en tapotant le trottoir d'une canne mais Maxime avait tranché : « Pas grave, Alias a besoin de toi. » Maxime m'avait toujours porté une attention amicale, plutôt vague que précise, et soudain, à chaque regard, il ne m'adressait plus qu'une forme de message muet mais impératif : ne pas faillir par une absence, même brève, dans le rituel entamé depuis qu'Alias était tout petit. Nos heures ensemble lui faisaient retrouver des sourires, lui mettaient dans la tête que les moments heureux reviennent toujours. Mais quand ? Je cachais à Maxime, pour le ménager, que même absorbé dans l'assemblage de son Lego Harry Potter, il arrivait qu'Alias perde pied à nouveau. Son petit visage, levé vers moi, virait à l'effroi subit et il me suppliait : « Dis-moi que je suis gentil, dis-moi que je ne suis pas méchant ? » On se jetait comme deux noyés dans les bras l'un de l'autre, bien serrés, enlacés, jusqu'à ce que le réconfort de la tendresse l'emporte sur les larmes. Les siennes comme les miennes, tant pis, j'avoue, l'amour entre nous montait si fort – je ne pouvais les contenir.

Ce n'était pas le moment de raconter tout cela à Maxime. Lui non plus ne pouvait dormir. Il ne supportait pas que son enfant ne trouve pas d'issue au cauchemar de l'abandon, signé par les coups et les violences de sa mère. Il insistait. Ma présence représentait un repère, peut-être une page blanche où tous les moments que nous partagions, Alias et moi, inscriraient les petits bonheurs du jour dans un apaisement à venir.

Me faire traiter de « page blanche » m'avait un peu interloquée – dans mon métier, il n'y a pas de page blanche, je dois juste aménager un style, à partir des fadaises d'origine d'un support publicitaire. Et je suis incapable de sortir un mensonge. Sur la maquette et le kit des modèles vedettes d'un futur défilé de mode, je n'avais pas écrit « robe-sirène » sous un tourbillon de satin qui finissait en queue de poisson, mais « a nécessité de longues heures de travail ». Tout l'atelier avait applaudi, sauf le directeur artistique.

Je n'avais jamais pensé à la page blanche, merci Maxime. L'écrire avec Alias devenait une histoire qui serait plus belle, plus tard, dans mon souvenir, que toutes celles que j'aurais vécues. Même s'il s'avérait, un jour, que celle-ci ne signifierait plus grand-chose pour lui. Être émerveillée ou perdue, c'est le tourbillon de la vie. On passe. J'en ai retrouvé plein de petits morceaux, ils me hantent parfois, ou bien me font sourire. Ou bien me serrent le cœur. Comme cette feuille arrachée à son cahier d'écolier où

Alias, en CP et sans le savoir, faisait ses débuts dans son idée de la vie :

Que sera de grandir ?
Grandir sa sera évité detre puni
Et sa sera resté à la maison tout seul
Et sa sera a etre tranquil
Et sa sera a se faire respecte
Et grandir on na des liberté

J'ai adoré son orthographe, il n'avait que 6 ans. Sa mère n'était certes pas pleine d'attentions à son égard mais elle ne s'était pas encore fait ensorceler par la violence. Et cette anecdote si lointaine me demeurera toujours proche. Elle en dit long sur Alias. Tel qu'il était en train de devenir. Décidé et décisif. À tout prix. Que lui seul fixerait. Tout en surprenant nos vies et nous laissant par moments sans voix, par crainte d'un impair qu'il fallait éviter coûte que coûte, mais lequel ? Comme en témoigne, quelques années plus tard, son dialogue avec la gentille policière : « Quand ta maman te frappait, est-ce que tu te roulais en boule par terre pour éviter les coups ? » Réponse d'Alias : « Moi, madame, quand on me frappe, je ne me couche jamais. » Il était plus âgé alors, il avait 10 ans. Ou 11 ?

Plus le temps passe, éclairé, façonné, raisonné, plus il m'apparaît comme un cadre compliqué pour parler d'Alias. Les dates exactes ne comptent pas, elles veulent seulement conforter un désir désespéré d'avoir raison. Elles n'ont pas d'autre utilité.

La procédure policière suivait son cours. La brigade locale pour la protection de la famille s'était saisie du dossier. L'assistante sociale du commissariat s'était rendue chez Maxime. Elle avait demandé à Alias d'éteindre son portable et de ne plus entrer en contact avec sa mère ou l'un de ses proches jusqu'à la convocation du juge aux affaires familiales. Une main courante avait été déposée au commissariat, stipulant qu'Alias avait peur de sa mère, refusant de dormir chez elle ou d'être en contact avec elle.

Il n'allait plus au collège. Le psychiatre des urgences médicales l'en avait suspendu quinze jours après avoir diagnostiqué « un enfant en état de grande anxiété avec des moments de terreur quand il évoque des événements récents ou des perspectives à venir. Il manifeste une angoisse panique à l'idée de revoir sa mère ».

Ces mesures cependant réconfortantes n'infirmaient pas encore l'alliance de la domination et de la capitulation devant Chouchou dans la petite tête d'Alias. Les cauchemars, sans doute chargés d'autres significations, continuaient à remplir ses nuits sans rêves et sans paroles quand il se réveillait. Chaque soir, Maxime posait un matelas contre le lit d'Alias et sa main ne quittait pas le dos ou l'épaule ou la petite joue de son fils qui sursautait sans trêve et s'épuisait dans son sommeil. Je crois vraiment que sans son père Alias ne serait pas resté en vie. Encore que.

Alias était un survivant. Plus tard, il deviendrait un vainqueur mais les étapes sembleraient interminables. En attendant l'arrêt final de la police, « incapacité ne dépassant pas huit jours », il était retourné au collège et il s'était laissé happer par la tentation du vide, de la douleur à jamais effacée. À la veille des vacances de Noël, en classe, les enfants avaient beaucoup parlé de leurs mamans, à cause des cadeaux sous le sapin. Alias n'y avait plus tenu. Il avait soudain bondi, claqué l'abattant de son bureau pour monter dessus, écarté à coups de poing le copain bien sage qui faisait obstacle à son élan, grimpé sur une chaise encombrée de classeurs et s'était jeté la tête la première sur le rebord de la fenêtre. Son professeur l'avait rattrapé par les pieds. Le proviseur, affolé à l'idée d'un scandale dans son établissement, avait appelé les pompiers qui, suivant la procédure prévue dans un cas grave, sans recours à des soins immédiats, l'avaient aussitôt conduit dans le quartier d'un grand hôpital pour enfants en danger. Alias avait été interné. Avant même d'avoir alerté Maxime – qui allait devoir attendre la permission de sortie de son fils, visites interdites dans ces cas-là. On ne pouvait pas dire que cette mesure ait pu remonter le moral, ni de l'un ni de l'autre. L'intervention de la loi donnait le premier signe de ses contingences assez peu convaincantes pour combattre la détresse d'un enfant. Au prétexte de son intérêt.

Petit Alias qui allait devenir grand… On l'avait relâché le lendemain. Diagnostic psychiatrique :

il ne s'agissait pas d'une tentative de suicide mais d'une panique incontrôlée à l'idée de voir sa mère. Il était sorti de là hagard, amer. En vingt-quatre heures, il ne s'était pas permis de fermer les yeux une minute. Il avait vu une petite fille anorexique se faire gaver par une sonde. Un ado qui se tapait le front contre le mur être ceinturé par une blouse blanche et emmené à l'isolement. Bilan final : une panique accrue dont il dissimulerait de son mieux les symptômes…

Il avait fallu adoucir à nouveau l'obscurité d'une veilleuse. La peur du noir, traditionnelle dans la petite enfance, lui était revenue sous forme de crispations si violentes qu'elles le laissaient tétanisé, comme si la frayeur dévorait l'espace de sa chambre. Il demeurait immobile, tout raidi dans les bras de son papa, yeux grands ouverts où montaient des larmes qui ne le faisaient pas ciller. À mon avis, Maxime ne savait plus quoi faire tant que cet enfant vivait une telle dépossession de soi-même.

Et soudain, je m'étais souvenue d'un fait déterminant dans sa nouvelle grande peur du noir. Je n'en ai pas parlé à Maxime, il l'apprendrait bien assez tôt. D'ailleurs, je ne prendrais la mesure de cet épisode qu'avec la suite du procès-verbal et de l'interrogatoire mené avec tant de tact par la policière. Elle l'avait revu plusieurs fois, lors de séances très courtes, pour que les vérités qui remontaient par ses questions apprivoisent peu à peu, à ses propres yeux, ses frayeurs et les renvoient dans l'idéal au passé composé.

Alias détestait les vacances avec sa mère, nous le savions. Mais sous le régime de la garde alternée, vous n'avez aucun droit de regard sur la vie privée de l'autre. Nous savions aussi qu'elle avait une forme de génie, ou de manie, pour flairer la moindre trace d'un appareil photo alentour. Elle repérait sur Trip Advisor les monuments devant lesquels, équipée en Sexy Folies, lunettes de soleil Black Frame, sandales à talons vertigineux, body transparent sous robe dos nu à fente latérale, elle raflait tous les regards concupiscents, voire plus si affinités – et signes extérieurs de pognon. Et elle postait ces instants flatteurs sur Facebook. La dernière (enfin) de ces photos était prise devant Palatine Hill et le commentaire de Chouchou sur les réseaux n'avait pas effacé son sourire éblouissant : « Absence de restauration sur le site et W.-C. insuffisants » – comme quoi le standing n'était pas à la hauteur du paysage… Pauvre Chouchou.

En toute logique plutôt naïve, je pensais juste qu'Alias détestait ces vacances car sa mère ne lui offrait rien, ni pour rire ni pour interdire, et qu'il s'embêtait dur comme fer.

Et puis un après-midi, lors de cet été-là, il a réussi à lui chiper son iPhone. D'une toute petite voix tremblante, il a murmuré : « J'ai une vague à l'âme… » J'avais peur qu'elle n'écoute, elle ne lâche jamais son iPhone de plus d'un mètre. Je lui ai répondu tout bas : « Cela m'arrive parfois, dans ces cas-là, je pense à toi très fort et cela me console. » J'ai entendu : « Moi aussi, quand je pense à toi. » Et puis ça a coupé.

Cinq minutes plus tard, Chouchou m'a appelée. Elle était bouleversée, elle ne savait plus que faire. Depuis trois jours, Alias n'arrêtait pas de sangloter. Il ne cessait de répéter à sa mère : « Moi, quand je serai grand, je ne divorcerai jamais et je voudrais tant que tu reviennes avec papa. » Chouchou pleurait, elle gémissait, des sanglots l'étouffaient par instants. Son émotion m'a atteinte. J'ai cru à ses larmes. Mais pas une seconde à son discours. Qu'elle revienne avec Maxime relevait d'un lamentable théâtre. Chouchou n'est pas une flèche et elle raconte n'importe quoi pour satisfaire son ego. Ses vérités, je les déteste, elles sont toujours déguisées à son avantage. Avant le tomber de rideau (ses larmes intarissables à mon intention), la star s'était surpassée : Madame avait prétendu devoir s'absenter trois jours, pour son travail, sur le yacht d'un soupirant. Vu ses ambitions mondaines, ce n'était pas le moment de s'encombrer d'un gamin. Elle avait enfermé Alias à clé dans une salle de bains sans fenêtre. Elle lui avait laissé du pain pour se nourrir, l'eau du robinet pour boire. Et elle avait enlevé les ampoules électriques. Plus tard, Alias m'a dit : « C'était comme si je mourais tout le temps dans le noir. »

Procès-verbal. Suite. Je mettrai tout cela dans notre histoire. Un coup de fil de Maxime et je retrouve l'ambiance commissariat. Entendons M. Maxime B. pénalement et civilement responsable. « Je prends connaissance des déclarations de mon fils et je tiens à préciser encore que j'ai peur de son état de santé. Vous m'informez de ma possibilité de me faire aider par un service ou une association dont vous me communiquez les coordonnées. Vous me confirmez également un avis à plaignant du parquet de Paris intitulé dépôt de plainte contre auteur inconnu :

À ce jour, toute personne essayant de contacter ou d'emmener Alias B. contre son gré, sous la menace ou sous la contrainte, sera poursuivie. Tout manquement conduirait à une nouvelle main courante ou plainte selon la qualification des faits. Le collège ainsi que l'assistante sociale du collège sont prévenus. Madame Noëlle Cornut n'a pas le droit de venir chercher son fils, quelle que soit la raison. Si elle voulait communiquer avec l'enfant ou son père, elle devra inviter son avocat à le faire en prenant attache avec celui du plaignant. »

Aussitôt dit, aussitôt fait : avec son métier d'assureur, Maxime en détenait une bonne liste. Il avait choisi une avocate sous protection juridique, une excellente cliente, et celle-ci avait saisi sur l'heure le juge aux affaires familiales pour une assignation en référé.

Nous avons cru pouvoir commencer à respirer. Sauf qu'Alias, à l'idée d'une confrontation éventuelle avec sa mère, était entré dans un trip infernal. Tout dialogue avec lui était devenu impossible, même si vous lui proposiez un cookie il répondait seulement : « Elle m'a brisé. »

Et moi, comme l'abrutie que je suis parfois en secret, le soir, avant de dormir, j'enchaînais les réussites du solitaire, ou encore les tarots, pour savoir, s'il vous plaît Seigneur, si Chouchou allait mourir…

Alias aurait peut-être un petit chagrin bien propre mais, enfin, il reprendrait toutes ses forces pour grandir.

Je n'ai rencontré qu'une seule fois l'avocate de Maxime. Elle s'appelait Clémentine et possédait cette sorte d'aura, dans sa silhouette aux formes harmonieuses, qui inspire le respect. Et elle avait tout le temps le sourire aux lèvres.

Quand je l'ai vue prendre Alias dans ses bras, à leur première rencontre, j'ai eu envie de sauter au cou de Maxime pour lui dire : « Tu ne pouvais pas choisir mieux. » Je ne l'ai plus revue par la suite parce que j'étais l'élément étranger dans les procédures qui allaient suivre. Je n'avais pas anticipé ce petit choc : être éloignée d'Alias quand il traverserait des moments difficiles, encore qu'il ne fût pas forcément tenu d'être présent lors du plaidoyer devant le juge aux affaires familiales.

Cela me renvoyait à ma juste place, dont je n'avais pas eu l'occasion de prendre la mesure jusqu'alors : le témoin accessoire. C'était aussi une exigence de Clémentine pour mener à bien ses décisions, ses plaidoiries. Pas d'interférences. Respect. J'attendrais, sans poser de questions, ce que Maxime condescendrait à me raconter.

Au terme d'une audience, Clémentine aurait pu croire qu'elle avait suscité un miracle digne de Lourdes. Chouchou avait prétendu vouloir reprendre la garde, même partielle, de son fils, son amour, qui lui manquait tant et tant. Son avocat avait eu recours à des tirs de missile pour démolir Maxime et raisonner le juge sur le sort de Madame, si injustement décriée : le juge devait considérer que Maxime se camait en douce, qu'il était un manipulateur et son fils, un menteur. Et c'était lui l'auteur des coups et blessures sur Alias, constatés par la police.

Un tir peut-être un peu trop nourri. Le juge, agacé par tant de contradictions avec la plaidoirie de Clémentine, avait fini par balancer son dossier sur la table et interpeller Chouchou : « Enfin, madame, dites-nous ce que vous désirez exactement ? »

Chouchou avait endossé à fond son rôle de Mme Cornut. Démaquillée, les yeux nus, la bouche incolore, vêtue d'une tunique de laine noire qui pendouillait, la mine défaite et accablée, elle s'était levée de son banc et, d'une voix cassée mais nette, avait déclaré : « Rien... Je pars demain à Singapour pour un an. » Elle a eu droit à sa minute de silence. Même son avocat n'a pas ouvert la bouche. Le juge, lui, a tourné le dos à tout le monde et jeté son ordre d'un ton sec : « Greffier, notez ! »

Clémentine en avait fait voler sa robe noire par-dessus sa tête. Le délibéré qui avait suivi donnait à Maxime la garde exclusive de son fils, vu l'absence déclarée par la mère sur le territoire et son silence quant à l'avenir de leur relation. C'est tout ce que j'ai appris lors d'un bref coup de fil d'un Maxime essoufflé de bonheur. Et Clémentine les embarquait tous les deux chez elle pour un dîner au champagne, fêter l'événement.

Il y a eu un autre petit déclic dans ma tête, mon nouveau personnage se précisait : « Frappez avant d'entrer. » Ce soir-là, j'ai bu moi aussi du champagne dans mon coin, pour être à l'unisson de cette victoire. Ma coupe avait un goût sans bulles. Je ne serais plus requise, à n'importe quelle heure, pour aller prendre Alias dans mes bras, bercer sa souffrance et lui chanter, d'une voix si ténue que l'on ne distinguait plus nos souffles l'un de l'autre : « Au bord de mon rêve, quand se taisent les bruits, tu pars en voyage vers les grands nuages. » Et le petit cœur d'Alias atténuait ses battements trop forts sous ma main.

L'heure de notre première séparation sonnait le début d'une délivrance pour lui : Chouchou pouvait bien faire voile à l'autre bout du monde, on lui souhaitait bon vent – et merci d'y avoir pensé. Plus de menaces, plus de cauchemars. Le soulagement du sommeil qu'il pourrait retrouver même dans le noir. Champagne avec ou sans bulles, c'était une Belle Nouvelle. Je bois à toi, Alias !

De même qu'un rayon de soleil peut transformer le parquet en or, ne serait-ce qu'un instant, Chouchou ne prendrait en aucun cas le risque d'interrompre sa représentation. Douée, de naissance, d'une vision artistique d'elle-même, elle irait à la conquête, finement élaborée, d'un prestige prometteur : Victime ! Sauf que le statut de victime est une reconnaissance de faits subis. Article 53 du Code civil. Et vaut cinq ans de prison s'il s'agit d'une dénonciation calomnieuse. (Pitié ! si elle pouvait les ramasser.) Mais Chouchou n'a jamais été en manque de mensonges accomplis à la perfection. Oui, je commençais à potasser les méandres d'un processus judiciaire appliqué aux enfants. Ma façon de tenir fort la main d'Alias.

Son avocat, qui mériterait le Nobel de la péroraison pernicieuse, lui avait transmis un texte protocolaire à l'intention du commissariat où Maxime et Alias avaient porté plainte – sans avoir à donner son identité réelle, elle pouvait signer Machin ou Trompe-la-mort si elle voulait. « Vous m'informez de ma possibilité de me faire aider par une association d'aide aux victimes. Vous stipulez qu'un enfant ne sera pas séparé de sa famille si le danger qu'il encourt et les informations nécessaires n'ont pas été vérifiés par les autorités compétentes. En outre, l'auteur du signalement n'est pas tenu d'apporter la preuve des faits. Je prends note du numéro de téléphone que vous me communiquez afin de contacter l'association de mon secteur pour la Protection de l'enfance. »

Rendez-vous accordé. Comme on aurait pu s'y attendre, ce fut un triomphe pour la nouvelle Victime. Elle s'était présentée dévastée. Elle n'avait pas pu partir pour l'étranger, la dureté du juge envers une mère, la perspective de ne plus voir son fils l'avait fait tomber dans une lipothymie et on l'avait hospitalisée. Les deux aides sociales, dont l'une était psychologue, n'étaient pas formées pour décrypter un diagnostic. Lypothymie, ça fait sérieux, même s'il s'agit d'un malaise progressif sans perte de connaissance, voire une petite déprime. Après sa demande d'entretien pour communiquer des informations inquiétantes, elles l'avaient accueillie avec l'empathie de pigeons qui se gonflent du jabot dès qu'ils aperçoivent un ver de terre appétissant. La psy, les cheveux d'un blond orangé maladroit, noués modestement sur la nuque, s'était contentée de scander chaque parole de sa collègue d'un petit coup approbateur du menton. Quant à l'autre, moins plaisante avec ses lunettes en cul de bouteille, elle ferait son possible pour que le lien avec Alias ne soit pas rompu…

Dans sa jubilation, Chouchou ne put se retenir d'envoyer un texto à Maxime. « Elles feront ce qu'elles peuvent avec ce qu'elles ont. Je ne me suis jamais sentie jugée, elles ont écouté mes angoisses avec attention et, surtout, elles n'ont jamais remis en cause mes capacités de maman. »

Maxime m'a transféré le texto. Je n'y ai pas répondu. Le moindre commentaire à ce propos avait disparu.

Hélas ou tant mieux, les mots sont revenus le soir même, comme un boomerang atterri sur mon compte Messenger. Que je ne consulte presque jamais, en général c'est pour lire : « Josette Vilard vous fait coucou », ou autres nouvelles passionnantes. Je ne crois pas au hasard, mais là, il avait frappé fort. C'était signé Fantomas 60 : « Il faut être MALTRAITANTE POUR AVOIR TOUS LES DROITS cela devient franchement évident et grossier comme le nez au milieu du visage. En plus, elles adorent les mythomanes à qui on donne le bon Dieu sans confession, et qui inversent les rôles à leur avantage »...

Je n'invente rien. Pas même le coup au ventre que cela m'a donné. Et la peur.

Toute la nuit, j'ai pensé à Alias. Je lui ai dit : « Désormais, entre toi et moi, ce sera un pari pour tenter de déchiffrer la forme des nuages, comme dans notre chanson pour t'endormir, comme nous faisions au parc, allongés sur la pelouse dans un ciel bousculé par le vent qui les transformait en mystères implacables mais aussitôt défaits. »

Et puis j'ai cherché à en savoir un peu plus long sur ces femmes, si vite acquises à la cause de Chouchou, ou autres victimes revendiquées et championnes du mensonge. Quels critères pour jauger leurs diagnostics inébranlables, leurs positions vite prises ? Bingo ! À peine ouverte la page Internet « Offres d'emploi » de la Protection de l'enfance, la première incitation à poser sa candidature suggérait un univers professionnel hors du commun : « Vous avez le sens du travail en équipe, une facilité de contact avec les jeunes, rejoignez-nous. » Pôle emploi recaserait la moitié des chômeurs avec une annonce semblable. Le reste était un peu moins séduisant pour ces dames : « Le salaire moyen est compris entre le smic et 1 600 euros brut. Les avantages sont le contact privilégié avec les enfants et les primes qui peuvent en découler. » Les enfants transformés en tirelires ?

La suite tendrait à me donner raison. J'aurais préféré avoir tort. J'ai eu sous les yeux un article de Mediapart, datant d'il y a deux ou trois ans : quand une association dépendant de la Protection de l'enfance réussissait à placer un enfant en foyer, elle recevait 56 000 euros pour l'année – Mediapart n'est pas toujours l'Évangile. Mais lorsque la Ligue des droits de l'enfant adresse, le 20 janvier 2019, une lettre au Premier ministre titrée « Protection de l'enfance : le grand gâchis », j'y crois. Les prix venaient d'augmenter, désormais, c'étaient 7 000 euros par mois. Et par enfant placé. Et si ces dames se mettaient à tabler sur Alias… (« Dis ce que je te fais à papa, j'irai en prison et toi, en foyer. ») Procès-verbal de la police. J'ai une très bonne mémoire. Enfant, je me faisais punir parce que je pouvais réciter une leçon sans l'avoir apprise, juste lue à toute vitesse. Les profs, un peu pincés, me disaient alors : « La mémoire, c'est l'intelligence des imbéciles. » Pourvu aujourd'hui que ce soit toujours vrai. Pourvu que je n'aie rien compris.

Que devenait Alias ? Maintenant, il était assez grand pour se rendre tout seul à l'école. Pouvait-il marcher sans tressaillir au moindre bruit ? Avançait-il comme s'il n'avait peur de rien ? Il devenait très rare que j'aperçoive Maxime au Franprix ou au café. Petit signe amical, baiser rapide au coin de la joue, on échangeait trois mots, « Ne t'en fais pas, Clémentine est un crack, elle a tout pris en main. » Maxime avait bien meilleure mine, une nouvelle veste en lin d'un bleu qui rappelait celui de ses yeux – voire ceux d'Alias, mais les siens reflètent plutôt la couleur du ciel entre deux nuages, un bleu léger, changeant, alors que ceux de son père restent au bleu fixe, même quand il s'énerve. Il était beau, je ne m'en étais pas aperçue auparavant. Pas un mot sur Alias. Être tenue si loin de lui devenait une attente qui me dépassait mais je savais depuis toujours que c'est ainsi vivre et aimer. Et puis je croyais en Clémentine. J'apprendrais plus tard qu'elle était devenue la petite amie de Maxime. Elle avait déjà commencé à les tirer d'affaire. Elle était au courant des manigances de Miss Victime, elle connaissait les lois, les pièges, les parades. Mais si elle était habitée par la défense d'une cause perdue à l'avance, sans qu'elle en ait ressenti le moindre soupçon ? J'appréhendais un autre risque. Les beaux diplômes occultent trop souvent la capacité à nuire de ceux qui n'ont aucun bagage. Sept ans de droit pour obtenir la maîtrise. Et en face, rien en ce qui concernait la formation des dames de la Protection de l'enfance – à savoir, néant : stage pratique, 40 heures dans une institution liée à la

Protection de l'enfance ; formation, 240 heures commencées dans l'année de leur prise de fonction.

Je ne focalise pas sur les dames mais « l'insertion professionnelle des hommes représenterait seulement 1,5 % des travailleurs de la petite enfance ». À part bonne sœur, une profession dédaignée par les hommes traduit un mépris des acquis, des efforts et fait naître des doutes sur la vérité de ceux, en l'occurrence, celles, qui l'exercent. Une autre particularité des offres d'emploi pouvait interpeller. Éducateur spécialisé, travailleur social et Cie, elles portaient toutes la mention écrite en rouge : « candidature facile ». Cela voulait dire quoi ? Aucune trace de compétence demandée ? Oui, je m'informais, oui, je voulais comprendre comment des personnes supposées averties pouvaient, sans peur et sans reproches, prendre aussitôt le parti de diverses Chouchou, sans chercher une minute à vérifier l'exactitude de leurs dires. Une seule explication à leur trop simplette compassion. Elle m'est apparue dans une citation de Lévi-Strauss, notée dans ma fiche perso de renseignements sur la Protection de l'enfance, qu'il qualifiait de « science molle ».

« Les sciences molles, dites humaines, ne sont des sciences que par une flatteuse imposture. » Cela me rappelait fâcheusement ma sainte mère qui donnait beaucoup d'argent aux pauvres de sa paroisse, à condition qu'ils fassent vraiment pitié. Qu'ils aient étranglé le voisin ou pissé tous les jours sur les étalages de fruits au marché, ou piqué la sacoche d'un SDF, la nuit, au dortoir d'un Samu social, n'étaient pas la raison de leur récompense. C'était la sale mine qui primait. Chouchou était autrement plus maligne que Clémentine. Elle qui citait à Maxime l'article 9 du Code civil : « Chacun a droit au respect de sa vie privée. » Pour le rassurer. Elle m'inquiétait.

Je me suis mise à craindre le pire des Sciences Molles, à commencer par leur préjugé avéré contre les hommes. La plupart d'entre elles n'avaient pas d'enfants. Moi non plus. Qu'avaient pu endurer ces créatures de bonne volonté pour qu'elles les traitent comme des menteurs, des trompeurs ? Chaque jour, j'en découvrais les échos, les plaintes sur les réseaux sociaux. Je voulais à tout prix en apprendre plus long sur les protectrices de Chouchou. Si je croisais Maxime dans notre rue, maintenant je lui courais après et l'attrapais par le bras, « Alors ? Alors ? ». Il me lâchait des bribes, comme un susucre à un caniche. Clémentine avait contacté le juge des enfants. Sa décision s'appuierait sur les rapports des Sciences Molles. Et elle ne doutait pas de l'emporter et d'amorcer une sortie des tristesses pour Alias. Je ne pouvais pas l'alerter, lui montrer les aveux, les chagrins, l'amertume qu'engendraient les Sciences Molles.

Sur Facebook, le réseau le plus utilisé de la planète, un homme racontait comment il avait subi une investigation. Par Sciences Molles. « Le juge a repris mot pour mot les termes des assistantes sociales qui ont commis un rapport abominable sur moi. Non seulement on ne m'a pas jugé à la hauteur mais on a tranché avant de découvrir quoi que ce soit. Quand l'enquête a été terminée, j'ai compris que tout ce que j'avais pu dire ou faire a été mis à mon débit, selon leurs normes, établies à l'avance. » Une très jeune femme livrait son casse-cœur, cela frôlait la mise à mort. Elle se décrivait « compositeur, chanteur à Princesse. Auparavant, serveuse à Limoges. Bonjour à toute comment aller moi je vais très mal, je suis passer chez le juge er S c'est pass très mal. Rendez-moi mon enfant, ma vie, ma Princesse… ».

Je n'en parlais pas à Maxime, il aurait pu me dire : « De quoi je me mêle ? Clémentine a la main sûre, elle ne s'arrête pas aux ragots et tu ne connais rien à la justice. » Il me semblait plus fort, insaisissable. Sa dureté, je pouvais la comprendre. La souffrance supprime parfois toute forme de compassion. Clémentine tenait le cap. Elle savait assigner une place à Alias devant ses devoirs et ses leçons et il lui obéissait si elle lui demandait au téléphone de ranger sa chambre – ce qu'il n'avait jamais fait auparavant. Maxime criait au miracle et en souriait à pleines dents.

Suite aux informations inquiétantes de Chouchou, le juge des enfants avait ordonné une AEMO, qui serait, bien sûr, précédée d'une VAD. Pour les débutants dans ce guêpier, AEMO : assistance éducative en milieu ouvert. Sa vocation discrète : le placement en foyer… et qui peut rapporter gros. Quant à VAD : visite à domicile. Un peu de jargon entretient l'autorité. « L'état des lieux dans lequel se trouve l'appartement est très important, c'est le lieu des symptômes. »

Ces dames avaient donc débarqué chez Maxime pour vérifier que les rideaux étaient propres et le réfrigérateur bien garni. Elles avaient passé leur doigt sur les carreaux des fenêtres, les miroirs, l'évier – une inspection ménagère rigoureuse. La routine pour établir le statut de victime, à savoir si l'enfant était en sécurité chez son père. Puisque Chouchou, avec sa voix pétrie d'hébétude, prétendait que l'auteur des blessures infligées à son fils, c'était lui.

Leur petit carnet à la main, pour tout noter, elles avaient fini par lui demander : « Monsieur, saviez-vous que votre fils était maltraité ? »

Réponse : « Je savais que sa mère était d'une sévérité excessive. D'ailleurs, l'année dernière, je lui ai adressé un mail pour lui citer la loi française qui interdit de frapper les enfants.

— Vous avez fait cela, monsieur ? Mais c'est une démarche qui relève du parquet ! Vous voyez que vous êtes un manipulateur comme le dit la mère du petit. »

Séquence Sciences Molles, dans le texte.

À leur demande, le juge des enfants avait accordé à Chouchou des visites médiatisées à son fils, dans un espace clos, en présence d'un tiers. « Le tiers professionnel [en l'occurrence, les deux Schmolles, tant pis, le mot m'est venu à la bouche tout seul, je le garde] est tenu de transmettre une analyse morale de la rencontre à la Protection de l'enfance. » Nous n'avions pas fini de tomber de haut. Clémentine, qui avait elle-même un garçon de l'âge d'Alias, attendait la date fatidique pour le lui annoncer. Elle lui avait offert un super cadeau, une PS4, et il s'évadait, avec *Assassin's Creed*, des chagrins ou des peurs qui pouvaient le hanter. Il restait des heures comme embrigadé dans la troisième croisade qui déchire la Terre sainte. Il était Altaïr qui tentait de mettre fin aux affreux combats en plongeant les deux camps dans l'impasse. Le gagnant se trouvait transporté dans une ville ravagée et une succession de ruines. Les survivants, parqués dans un camp, devaient garder le moral pour gagner. Clémentine ignorera toujours combien elle m'a aidée en ce temps-là. Elle protégeait Alias, elle le réconfortait, elle l'entourait. Quand Maxime consentait à me livrer des miettes de nouvelles de ce genre, la nuit mettait du temps à tomber. Je restais debout contre la fenêtre qui donnait sur notre rue, à regarder les géraniums qui débordaient du balcon d'en face, les quelques personnes qui allaient et venaient. Des mots et des pensées filaient silencieusement entre mes lèvres, toutes tournées vers Alias et la chance, la bénédiction de l'avoir connu.

Et l'AEMO des visites se mit en place. Une heure tous les quinze jours. Je ne me faisais pas d'illusion. « Après la rencontre, les enfants racontent des bribes de conversation, souvent c'est du n'importe quoi, sans queue ni tête, ou bien on leur tire des informations pour sous-entendre que l'autre parent a mal agi. Tout cela met les enfants mal à l'aise, parfois, ils sont exténués en sortant. Bon courage aux enfants, ce sont eux qui souffrent le plus. »

Je préfère citer ici un témoignage anonyme plutôt que porter atteinte à l'intimité d'Alias, Les Schmolles s'en chargeaient. J'ai seulement su que dans le fameux « espace-rencontre » voué aux visites médiatisées, le but est de protéger le lien de la mère avec l'enfant. Dans le cas d'Alias, elles briguaient l'exploit, le record du mépris de l'enfant battu et violenté par sa mère. La ruse a souvent besoin de déguisement pour prétendre au bienfait. Dans ce registre, les Schmolles et Chouchou frisaient la performance. À l'entrée d'Alias, Miss Victime, effondrée sur une banquette, avait aussitôt entamé la litanie de son cœur brisé, Mon Fils, mon Amour, mon Chagrin, mon Nombril. Alias avait d'emblée refusé de regarder ou de parler à sa mère. Il était resté à distance, buté, debout, le front contre le mur, tandis que Miss Victime sanglotait de son mieux, le visage caché dans ses mains, les épaules tressautantes. L'une des Schmolles avait un peu secoué Alias : « Mais enfin tu pourrais quand même dire un mot à ta maman ! Tu ne vois pas comme elle est triste ? » Alias, le corps et le visage toujours plaqués au mur, avait marmonné les dents serrées :

« Je ne lui dirai rien tant qu'elle n'aura pas reconnu ce qu'elle m'a fait. »

Réponse de la Schmolle : « Toi, mon garçon, si tu n'es pas un peu plus gracieux avec tes parents, c'est le foyer qui te remettra les idées en place… »

C'était dit. Avec tact, bien sûr.

Cette fois, Maxime m'a parlé. Il m'a expliqué pourquoi il me tenait éloignée d'Alias. Je portais le poids des moments heureux de son enfance. Un poids devenu trop lourd. Il avait grandi d'un coup avec les Schmolles. Après la séance espace-rencontre, il s'était enfermé à clé dans sa chambre jusqu'au soir. Mutique. Renfrogné. Fermé. Il ne voulait voir personne. Il avait dit à son père que je ne pourrais plus le reconnaître. Je ne pourrais plus le comprendre. Qu'il était devenu minable, nul au collège, il voulait rater sa vie. Et qu'on lui fiche la paix. Me rapportait Maxime. Et en prime :

« Tu n'es pas capable de te mettre à la place des autres. Tu ramènes tout à toi. Son chagrin, tu te le prends en plein cœur comme s'il était à toi. Laisse-le tranquille. Tu voulais l'amour et le bonheur, avec lui ? Il n'y en a plus. »

Non, je ne comprenais pas, il fallait que je réfléchisse, Maxime avait sans doute raison…

Et puis, pourquoi ? Et pourquoi pas ? Je me suis souvenue des plantes, des champignons, des bactéries qui sont des êtres vivants. Leurs stratagèmes de survie n'ont pas de limites. Certains résistent au feu, d'autres au manque d'oxygène, au manque d'eau. L'une des leçons que j'avais aidé Alias à réviser en CM1. Je n'allais pas me laisser abattre, comme un champignon, par un coup au cœur. Alias, je vais faire mon possible pour que les Schmolles cessent de te témoigner un intérêt trop prononcé. Qu'elles ne t'intègrent plus dans leur plan quotidien de rancune aveugle contre les hommes.

Et je n'invente rien, je découvre, j'apprends. En fait, dès que l'on cherche « Protection de l'enfance » sur Internet, on est abasourdi par la déficience de son fonctionnement. Voire sa nuisance. On parle beaucoup des Schmolles dans les médias. *La Voix du Nord* : « On relève l'absence de données fiables permettant de mesurer la réalité des besoins de l'enfant. Elles fonctionnent au doigt mouillé, aux assertions non démontrées, au ressenti, comme elles disent. » *Le Monde* : « On sait que beaucoup d'argent est mal utilisé, voire détourné. Les scandales financiers dans la Protection de l'enfance sont le tabou ultime. »

Alias, si on parvient à reconnaître la juste place de ton père, à remettre ta mère à la sienne, tu redeviendras toi-même. Mais à quel prix ? Quel combat ? Quelle défaite ? Qui parviendra à maîtriser cette pagaille tenace ?

Déjà, le 16 novembre 2009, Philippe Seguin, ministre des Affaires sociales, dénonce dans *Le Figaro* la gabegie et les résultats inexistants des AMEO « PROTECTION DE L'ENFANCE, LE GRAND GÂCHIS » – et il y a plus de dix ans.

Le Grand Gâchis est immuable. On dirait un monument. Au rythme actuel, son bon état est contrôlé tous les vingt-six ans. Par qui ? Des sourds ? Comment ? Des aveugles ? Des enfants ? Ce serait trop beau. Quels critères pour évaluer les compétences ? Le coût de l'entretien du monument ? L'enfant qui se trouve au cœur de la discorde et devient la main armée de l'un des deux parents pour le faire souffrir. Les Schmolles dénient totalement la famille, elle ne les intéresse que brisée. Tous les témoignages à ce propos concordent. Le dernier en date ? Roro 2021 sur Facebook : « Par mon expérience, tout ce que dit le parent protecteur sera nié ou contredit, même si c'est vrai. Il est mis volontairement sous pression. » Chères Schmolles, je ne vous en veux même pas. Je souhaite que chacune d'entre vous puisse trouver un amoureux, ou un chien fidèle, voire un poisson rouge affectueux… il y aurait trois cent cinquante mille enfants à vous souhaiter tout le bonheur possible.

Et si je rencontrais les responsables Schmolles pour entamer des négociations sur leur politique de féminisme délirant ? Je me méfie beaucoup de mes bonnes idées, je ne les trie pas, je les joue à pile ou face et elles ne tombent pas trop souvent du bon côté. En l'occurrence, rien à perdre. Un refus brutal ou désobligeant à me recevoir ne m'atteindrait pas. Je voulais leur demander ce qu'elles ressentaient pour Chouchou, à part une sorte de vide rempli d'images idéalisées. Je leur suggérerais que celle-ci rendrait service à leur communauté en assumant les violences qu'elle avait exercées sur son fils. Les Schmolles pourraient alors se vanter d'avoir accompli leur mission : tenter de rendre justice à un enfant. La seule chance, pour lui, d'envisager de revoir sa mère. Une fois les aveux reconnus, je les remercierais (à ma façon) en leur disant à mon tour que, oui, les hommes sont pour la plupart des salopards, on est toutes d'accord, Chouchou est excusable, c'est encore un affreux père qui a fait péter les plombs à la pauvre maman. Et Alias serait tiré d'affaire…

Il me fallait préparer avec soin la rencontre. Sur Internet encore, je prenais des notes pour amadouer ces dames. Le mode d'emploi se précisait :

– Acquiescez toujours, ne vous emportez jamais.

– On vous fait des reproches, répondez par l'affirmative. Cette réaction, contraire à leurs attentes, va désamorcer la bombe. N'oubliez pas qu'elles laissent le parent maltraitant dans sa toute-puissance.

Et l'espoir :

– Vérifiez si ces dames sont inscrites sur le fichier Adeli. Si elles n'y sont pas, c'est un exercice illégal de leur fonction. (Une maman victime des services sociaux et d'un déni de justice.)

Le plus triste :

– Comment mettent-elles sur la touche leurs collègues humains et compétents ?

La bonne question :

– Pourquoi ne vont-elles jamais « déranger » des familles dans les quartiers sensibles ? Trop peur des menaces ou des représailles. Avez-vous déjà vu une AEMO dans une famille avec enfants battus et plainte du voisinage ? Trop peur de se faire tabasser ou pire.

Et je ne pouvais demander conseil à personne. Mon amoureux – dans le vrai sens du terme, c'est lui qui était amoureux, pas moi. Je l'appréciais pour sa belle intelligence d'astrophysicien et d'autres qualités confidentielles. Alias ne l'avait jamais vu mais je lui parlais d'Alias. Je lui avais fait part de mes recherches sur les Schmolles et sa réponse n'en était jamais une. Comme d'habitude avec lui. Il habitait à l'autre bout de la France et venait me voir le week-end. Entre-temps, il me semble que j'étais pour lui un délicieux fantasme, sans aucun rapport avec ma vraie nature. En son absence, il me bombardait de mails. À mon projet de rencontrer les Schmolles, il répondait : « Une page est en train de se tourner mais je suis sûr que pour toi rien ne sera oublié et surtout ces moments complices qui faisaient que la lumière entrait même lorsqu'une lourde pénombre baignait vos vies. Je sais que tu ne partages guère ma vision de nos existences qui suivent le flux d'une rivière dont nous ne savons pas où se trouve l'embouchure et nous ne pouvons que suivre son cours, mais ce que je perçois de cet amour profond entre cet enfant et toi me paraît une illustration de cette vision. Je me dis, vivons aujourd'hui et laissons demain à ceux qui nous succéderont. Ce qui veut dire en clair, dans mes neurones fatigués, profite du temps qui passe, laisse-toi bercer par ces images où tu m'apparais à la fois pudique, vaporeuse et sensuelle, stop, je suis encore en train de déraper... »

Non mais quel cauchemar. Moi, Moi, Moi jusqu'à ce que nous ayons tous bu la tasse dans la rivière ? Les autres ? Voués à la noyade, comme tout le monde. Chacun aura compris pourquoi je veux rassembler mes forces pour Alias. Je veux des bouées.

Je m'appuie sur la barre de fer de la fenêtre et je laisse mon regard aller et venir sur ces hommes, ces femmes, sur leurs vies, leurs visages, j'en reconnais certains, c'est ma rue, et beaucoup sans doute savent qui est Alias. Mais pas son histoire. De lui-même, Alias n'a rien dit à ses copains du collège. Cela lui vaut de pouvoir rire et chahuter à la récréation. Oublier la menace sans répit des Schmolles. Elles restent à ses trousses. Elles sont allées enquêter auprès du proviseur, de ses différents professeurs. Elles se font communiquer ses notes chaque semaine et, pour nourrir leurs conseils bienveillants à l'égard de Chouchou, elles lui ont demandé de faire de même. Les notes ont beaucoup baissé. Chouchou accuse le coup avec allégresse. De son temps, les résultats étaient meilleurs. (Elle qui fait des fautes d'orthographe dans ses mails.)

Les Schmolles, fines psychologues, n'envisagent pas une seconde qu'un enfant, pris dans une tornade pareille, puisse décrocher de son travail scolaire. De plus, Mme Cornut insiste pour qu'Alias soit soumis à une expertise psychiatrique, pour démontrer qu'il est un menteur. Il en subira neuf. Et ce n'est pas une blague, ou alors, la pire. Resterait à savoir si ces fameux experts étaient qualifiés ou s'il s'agissait de collègues complaisantes de nos Schmolles. Neuf expertises sur un gamin, le forcing semble quand même suspect. On lui cherchera des mensonges comme des poux dans la tête. Puisque jamais elle n'aurait porté la main sur son enfant, c'était son père, il le manipule.

Une bonne nouvelle a fini par arriver : l'AEMO a ordonné une expertise des deux parents et de l'enfant ensemble. Les vrais psys ne sont pas n'importe qui, ils savent distinguer la vérité des faux-semblants inévitables dans la nature humaine. Il y aurait une appréciation équitable. On pourrait respirer sans retenir son souffle. Clémentine, Maxime, Alias aussi, et moi, mise dans la confidence pour cette fois, on en souriait à l'avance. Au début de ce processus inimaginable, la policière avait bien dit : « Et si ta maman acceptait de se faire soigner, tu accepterais de la revoir ? »

Enfin un acte transcendantal qui musellerait les angoisses. Les experts, mandatés par l'AEMO, pénétreraient les manigances et les ruses de Mme Cornut en lui posant des questions protocolaires, imprécises, apathiques qui n'ont l'air de rien et pulvériseraient ainsi ses défenses. Je rêvais que nous retournions nous promener, Alias et moi, et que nous regardions les nuages en riant. Je rêvais que nous partions en voyage rien qu'en les regardant. Parce que je sais combien Alias aime les nuages.

Clémentine et Maxime aussi espéraient beaucoup. Je connaissais la date et l'heure de l'expertise. Ce jour-là, j'ai imité Chouchou, je n'ai pas lâché une seconde mon iPhone, je le tenais même à deux mains. Quand Maxime a appelé, je dansais déjà sur un pied à la première note de la sonnerie : « Raconte, raconte ! » Il a répondu :

« Néant. Elle a été parfaite. »

Ce n'est pas sans raison que la statue de la Justice est représentée avec un bandeau sur les yeux. Elle ne voit rien. Et personne n'a jamais dit qu'elle était intelligente. La seule vérité fiable dans la Justice, c'est l'erreur.

Des centaines de paroles que nous voulions anodines jetées dans le trou noir des oublis de notre cerveau. Combien de jours, de semaines, de mois à tournicoter dans l'absurde monotonie d'une procédure dite judiciaire ? La mère qui harcèle, le père qui encaisse, l'enfant qui trinque. Même Clémentine se décourageait. Elle présumait que Chouchou continuerait ses poursuites mensongères jusqu'à la majorité d'Alias. De temps à autre, elle se prétendait à l'étranger, vrai ou faux, on s'en moquait, c'était un soulagement pour Alias, délivré des visites médiatisées. J'ai fait exprès de laisser passer le temps sans compter. La routine implacable des Schmolles avait rendu Alias mutique. Il n'avait plus rien à dire. De son plein gré. Aucun mot particulier n'avait d'importance. J'ai retrouvé un garçon que je ne connaissais pas – comme me l'avait prédit son père. Il ne se jetait plus dans mes bras. Il était trop grand maintenant. Il ne regardait plus les nuages, mais la lune, tout là-haut quand elle détruit l'horizon et ne promet plus qu'un vide plein de noirceur. Il en sortait d'un seul coup – la PS4 avait repris du service. Il pouvait zapper les Schmolles en plongeant vers un monde où aucune d'elles n'aurait l'idée d'aller poser ses talons plats. Regarder ceux qui se battent dans un match pour l'honneur d'une équipe, d'un drapeau, d'un tir au but à la renverse, pour lui, c'était la fête. La PS4 (cadeau de Noël), équipée de la toute nouvelle rétrocompatibilité, pouvait reproduire tous les matchs de l'univers, à toutes les heures du jour et de la nuit. Et l'uniforme des gamins de son âge, la grande mode au collège, avait suivi. Alias avait réclamé, voire exigé, la panoplie Adidas au complet. Le maillot du Real Madrid avec Fly Emirates écrit en blanc sur noir et le pantalon de survêt assorti, avec la triple ligne blanche tout le long de la jambe.

Non, ce n'était pas l'idéal. Oui, c'était une vraie addiction, sa came à lui. Mais comment refuser à un garçon prisonnier d'un carcan de s'évader, de rire, d'applaudir, d'oublier toute souffrance ? Il y passait des heures et des nuits. Bien sûr, pas un mot aux Schmolles, sinon c'était le foyer assuré, voire le père déchu du droit parental pour mise en danger de l'enfant – elles qui se jetaient sur le moindre prétexte pour alimenter la tirelire. Celui-ci n'était pas totalement dément, être happé par le numérique devient une faillite du quant-à-soi. La réalité se pulvérise mais, en l'occurrence, c'était un soulagement tangible. Et, sans les Schmolles, Maxime n'aurait jamais autorisé son fils à choisir cette aliénation. Alias en tirait une assurance toute neuve, se tenait très droit et donnait des ordres sans dire « s'il te plaît ». « Passe-moi le Nutella. » Ton ferme. J'allais à nouveau chez lui deux ou trois fois par semaine, à la sortie du collège, au prétexte de l'aider à faire ses devoirs, petit service entre voisins. Clémentine avait trop de travail désormais.

Si les mots perdaient leur sens, l'orthographe suivait le même chemin. Sur ordre de Maxime, nous étions supposés faire de courtes dictées. Il n'y consentait, après quatorze sollicitations minimum, qu'affalé à plat ventre sur la moquette, avec une feuille volante devant lui, pas question du cahier, et liberté totale au crayon qui divaguait en lettres informes sur la page. Les textes que je choisissais dans les livres du collège n'arrangeaient rien. On aurait dit une fatalité.

Exemple : « Robinson sentait la vie et la joie qui entraient en lui. Vendredi l'avait quitté mais une vie nouvelle allait commencer. » « Tu parles ! » marmonnait Alias. L'effondrement de la tendresse nous faisait mal. La disparition d'un lien est en réalité la mort d'un langage. Les Schmolles le convoquaient tous les quinze jours, l'après-midi. Pour qui ? Pour quoi ? Alias n'en disait pas un mot. Elles s'étaient vantées auprès de Maxime de lui avoir fait réaliser un gâteau au chocolat – un test très révélateur des perturbations intimes, selon elles. Ce n'est pas une plaisanterie, je ne l'invente pas.

Nous menions la même vie mais le contexte était différent. Il fallait juste ne pas oublier que c'était la même vie. Me disais-je. Il y avait un message ou une ironie cachée dans les persécutions à la fois innocentes (au pire, les Schmolles croient bien faire) et le sentiment de destruction, d'abaissement que nous ressentions de leur fait, leur attitude, leurs mesures pseudo-judiciaires. Parfois, quand j'ouvrais les yeux le matin, l'aube était jaune, la vie devenait jaune. Je n'aime pas le jaune. Pas celui-là. Je ne voulais pas m'accorder le droit d'être absente. À l'écart, en creux. C'est trop facile de se recroqueviller. Je me suis répété, rabâché : savoir qu'Alias existe doit me suffire. Savoir que je ne l'invente pas doit me suffire.

Le numérique éloigne du monde des vivants puisque l'entourage en est exclu. Sauf Chouchou qu'il ne pourrait pas se sortir de la tête, tant qu'elle resterait dans le déni. Il fallait que je monte à l'attaque. Moi, l'intruse dans cette affaire, sans aucune légitimité à m'en mêler. Sauf celle dont les Schmolles ont l'habitude : tout citoyen, même malveillant, peut prétendre à révéler une information inquiétante. J'ai appelé le numéro particulier de la Protection de l'enfance afin d'obtenir un rendez-vous, prévu dans les soixante-douze heures, pour « informations préoccupantes » (c'est la formule légale).

Je savais que j'allais jouer à quitte ou double. J'ai révisé mon petit bréviaire perso pour bien intégrer les rites et les risques d'une rencontre Schmolles et Cie. J'avais peu de chances de tomber sur celles qui traquaient Alias. J'avais recopié le témoignage instructif d'un papa :

« La première éducatrice, elle s'est suicidée quand j'ai montré son incompétence. La deuxième, au top, elle nous a bien aidés. La troisième, elle a joué au chantage, j'ai utilisé une faille judiciaire pour ne plus avoir affaire avec cette p… La dernière se demandait ce qu'elle venait faire chez moi, vu qu'il n'y avait rien à signaler, fin d'AEMO. En fait, c'est comme tout. Si tu tombes sur une salope, tu es dans la merde, si c'est une pro et que t'as rien à te reprocher, c'est tout bénéfice. »

Le concert autour des Schmolles était bruyant, plein de stridences. « Des petites connes sans la moindre expérience, ni la moindre prudence, ni le moindre bon sens. Sûres de la sûreté de leur œil olympien. Elles s'acharnent à persécuter avec une extraordinaire bonne conscience. » Sur Twitter, un gentil futé les nommait « Les maladroites de la République ». (Quel beau titre !) Mais je déteste l'acharnement, même sur un troupeau de rats aux dents longues. J'ai stoppé net mes inquisitions sur Internet à leur endroit. Dans le tas, les deux Schmolles que j'allais tenter d'approcher figuraient peut-être parmi les meilleures… ce ne seraient pas celles qui traquaient Alias ? J'allais devoir me lancer dans un spectacle verbal, destiné à encourager quelque chose qui n'appartenait pas au domaine des Schmolles. Tenter d'occuper leurs pensées. Les empêcher de considérer Alias à partir des mensonges de sa mère. Leur faire admettre qu'il avait tellement souffert : il ne lui restait plus que l'automatisme du quotidien.

Et puis les bras m'en tombent : j'achète, les yeux fermés sur mes Schmolles, mon journal habituel, *Libération*, et là, je les écarquille : en gros titre à la Une, « Mi-Fric, Mi-Flou », et à la suite : « Pauvres dames ! Dans l'aide sociale, il faut au moins quatre ou cinq voix d'assistantes familiales pour valoir autant que celle d'un éducateur, même si ce dernier est un benêt. » Mon expédition chez les Schmolles commençait bien. Déjà, en ouvrant mon courrier avant de partir, j'avais découvert une invitation à une conférence dont l'intitulé était parfait pour me mettre en jambes : « Comment dompter vos biais cognitifs ? Vous évoluez dans un environnement VICA (volatile, incertain, complexe, ambigu) ? » Je me voyais déjà saluer ces dames avec empathie : « Comment vont aujourd'hui vos biais cognitifs ? » On peut tout faire pour prolonger artificiellement l'élan d'une décision mais l'artifice est un coupe-gorge, il vous laisse vite sans voix.

La salle d'attente ressemblait à celle des impôts. Est-ce que j'allais prendre cher ? Il fallait retirer un ticket avec un numéro et attendre qu'il s'affiche dans un judas lumineux. Les murs étaient badigeonnés aux deux tiers d'un gris flétri et le plafond barré de néons à la lumière très crue. Sur les chaises en bois, des gens comme moi. Enfin, je pense, à peine assis, on avait tous le nez baissé. La vie et la conversation n'étaient pas de mise. Certains parlaient tout bas au vide. On voulait paraître enveloppés d'une sorte de tranquillité factice. Personne ne regardait personne. Entre nous ne circulaient que des fantômes, des habitudes, des regrets. Mon numéro a fini par s'afficher et, en même temps, un barbu à poils courts, furibard, en gros blouson de cuir style moto, a ouvert une porte d'un coup d'épaule et a crié bien fort, en me faisant signe du pouce que mon tour était venu, tout en la faisant claquer derrière lui : « Bienvenue au Salon des embrouilles ! »

Avec les Schmolles, me dis-je, l'embrouille est un destin – mais si le destin est implacable, c'est qu'on n'a pas su lui plaire. (Cocteau ?)

Un ancien amoureux disait que j'étais capable de faire du charme à un pied de chaise. Il fallait que je reprenne cette bonne habitude avec les Schmolles. D'entrée de jeu, j'ai cogné, le souffle coupé d'amabilité forcée et de trac : « Mesdames, d'abord un grand merci de me recevoir parmi vous, j'ai souvent entendu parler de votre vigilance et votre générosité envers les enfants… » L'une en a enlevé ses lunettes en cul de bouteille, l'autre a tripoté son mince catogan rose-orange. Petit choc. Je les ai reconnues parce qu'Alias me les avait décrites… Je me suis raccrochée à une vieille devise qui m'a beaucoup servi : devoir refuser le compromis est une chance. Au début, je doutais qu'elles m'aient vue entrer, elles n'avaient esquissé aucun sourire à l'énoncé des merveilleuses qualités dont je les avais gratifiées. Ni hoquet ni farandole de fées invisibles pour marquer que mon charme avait agi. Elles étaient occupées à trier en pile leurs paperasses. Sans un regard sur la bonne femme (moi) assise en face d'elles, dos bien droit, mains croisées, bouche cousue. Sur leur bureau émergea le dossier de Mme Cornut, tenu mollement sur la tranche. Un carton assez mince et grosses lettres au feutre noir que la blonde orangée tapota avec autorité en me le mettant sous le nez : « Informations préoccupantes, dites-vous dans votre lettre ?

— Je parlerais plutôt d'indices qui donnent à croire que Mme Cornut est en grande souffrance. »

J'eus droit à deux sourires de présentatrice de la météo. « Mais vous savez comme moi que le non-écrit est tout aussi révélateur que l'écrit. » Avertissement imprudent. Elles n'étaient pas idiotes. À leurs têtes, j'ai su qu'elles ne croyaient déjà plus aux mots qu'elles auraient voulu entendre.

Je leur ai rappelé que dans ma lettre je leur disais combien j'avais été proche du fils de Mme Cornut, j'étais presque sa nounou et j'appréciais beaucoup sa jolie maman. Je souhaitais aujourd'hui m'entretenir avec elles du terrible malentendu qui avait pu séparer un fils de sa mère. Aussitôt, elles m'affichent un petit air de compassion réflexe. « Ah ! me dit Grosses Lunettes, certes, il faut cesser d'ouvrir les plaies et de régler des comptes. »

Je gardais pour ma victoire un procès-verbal de première instance, publié via Facebook, par un papa qui disait vouloir survivre en partageant sa douleur. J'ai sorti de mon sac une grande feuille blanche où je l'avais recopié mot pour mot et je leur ai demandé la permission de le leur lire, en précisant qu'il s'agissait des confidences d'Alias. Pour qu'elles ne m'interrompent pas avant la fin, je leur ai dit que, moi aussi, je savais combien les enfants peuvent mentir. Et il fallait qu'elles m'écoutent jusqu'au bout pour avoir un jugement objectif.

« Je crois que c'était un dimanche, j'étais chez ma mère, dans la nuit j'ai senti une vive douleur au niveau pubien, des brûlures, j'ai vomi et j'avais du mal à respirer. J'ai dit à ma mère que j'avais mal en pleurant, elle m'a grondé et m'a envoyé me recoucher. J'ai téléphoné à mon père vers minuit pour l'avertir des faits. J'étais prêt à partir du domicile de ma mère pour me rendre au domicile de mon père à pied, ce que mon père m'a interdit de faire. Mon père a appelé les pompiers. Entretemps et après avoir eu ma mère au téléphone, elle a dit qu'elle avait appelé SOS Médecins. Les pompiers se sont déplacés car ma mère n'avait pas appelé de médecin. Les pompiers m'ont emmené à l'hôpital Robert-Debré. Les pompiers ont appelé mon père car ma mère ne voulait pas l'appeler. Ma mère m'a reproché le fait d'avoir appelé mon père. Aujourd'hui je ne veux plus être avec ma mère parce que j'ai peur qu'elle me fasse du mal. »

Je me doutais que la plupart des Schmolles choisissent d'ignorer les situations qu'elles s'empressent de juger mais pas que ma modeste prestation les fige, bouche béante, trois secondes.

Cul de bouteille a réagi la première et s'est levée pour m'indiquer la porte : « Nous n'avons pas de temps à perdre, laissons ce pauvre enfant à ses menteries, nous en avons l'habitude, au revoir, madame. » Mais j'ai sorti mon arme secrète du bout des doigts. Je ne pouvais plus me retenir de sourire. En moi-même, je lui ai dit : « Crâne pas, t'es morte. » Et je lui ai tendu le précieux papier du commissariat :

> Compte rendu d'infraction initial :
> « Infraction(s) : Violence suivie d'incapacité n'excédant pas huit jours sur un mineur de 15 ans par un ascendant ou une personne ayant autorité sur la victime, etc. », suivi de tout le texte que j'avais lu à ces dames.

Cul de bouteille m'a arraché le papier, un bref coup d'œil, roulé, froissé et direct à la corbeille. Elle a semblé à peine surprise, presque indulgente envers ma naïveté. L'autre m'a sorti une petite phrase pour bien asseoir leur majesté.

« Voyons, ma petite, ici nous ne prenons jamais en compte les rapports de police, ils les rédigent à la tête du client. La poubelle, c'est tout ce qu'ils méritent.

— Vous oubliez, ai-je dit, que des policiers reçoivent parfois la Légion d'honneur, quand ils sont morts, bien sûr, vivants, c'est rarissime. Vous postulez pour l'exploit, la décoration et le cercueil ? »

Elles se sont reculées sur leurs chaises, elles me voient, oui, mais elles m'ignorent. Mais je ne baisse pas la voix. Au contraire. « Je rêve que vos papas vous aient flanqué des roustes quand vous étiez petites, qu'ils vous aient maudites, fait manger par terre comme des chiennes, déshabillées à coups de ceinture, et que maintenant, vous vous battiez avec humanité pour le bien des enfants qui ressentent ce que vous avez dû vivre à leur âge. Pour leur rendre justice. Vous consoler vous-mêmes, qui sait, au lieu de vous venger sur eux. »

Elles me fixent comme une carpette élimée. Et qui ne mérite même pas un coup de balai. Mais cette fois, c'est moi qui claque la porte.

Après l'injection d'angoisse, le pansement de l'air libre. Un banc, un arbre, une rue et le barbu, non plus furibard mais goguenard, qui m'attendait.

« Alors, madame Poumon-Fort, on a fini par la boucler comme tout le monde ?

— Je ne vous parle pas, ai-je dit.

— Et qu'est-ce que vous venez de faire ? »

Il a tapoté le banc, à côté de lui : « Allez, assise. Je suis spécialiste du diagnostic et de la stratégie des entreprises. Je forme à la fois la posture du porteur d'offre et celle du demandeur. Mon cours principal est "La pensée limitante". Avec ces dames de la Protection, je serais vite mis à pied – l'idée principale étant de se reprogrammer. » J'étais fatiguée à l'avance de la sympathie et du vague échange qu'il me demandait. Je gardais les genoux serrés parce qu'ils tremblotaient un peu. Je pensais à Alias, elles finiraient par le détruire, elles le poussaient à la faute tant qu'elles pouvaient, elles le traquaient à la loupe. Comme un insecte nuisible. L'échec scolaire était déjà un très mauvais point. Si on y rajoutait des absences répétées au collège que même son père ne pouvait expliquer malgré ses fausses lettres d'excuses au professeur...

Et maintenant, il explosait, Maxime, quand il était seul avec son fils. Cela se passait en cachette.

Même Clémentine n'était pas au courant. Cela survenait à la moindre faute, et tout était une faute. Le cahier de correspondance mentionnait :

« Refuse d'écrire son texte à la première personne. » Au lieu d'y réfléchir un peu et d'y voir la distance terrible qu'Alias s'imposait à lui-même. Comme s'il n'existait déjà plus à ses propres yeux. Maxime aussi avait perdu la vue. Il empoignait Alias, criait, l'engueulait, il le secouait par la nuque, par les épaules, Alias grandissait vite, il devenait costaud, il se défendait : « Si tu veux vraiment rater ta vie, t'es en bonne voie. Tu sais comment finissent les enfants placés ? 40 % SDF, le reste délinquants. » Et il se mettait à hurler, Maxime. Aussi terrifié qu'Alias. Quelques jours auparavant, Alias m'avait dit tout bas : « J'ai mal au visage. » J'avais pris ses joues entre mes mains. « C'est papa qui m'a griffé parce que je lui ai volé de l'argent. Après, il m'a demandé pardon. Tu ne lui diras pas que je te l'ai dit ?

— Non, mon amour, non. Mais quand même, t'exagères un peu, Alias. »

Le barbu (à la mode des trois jours sans rasoir) m'a donné un petit coup de coude, « Je m'appelle Martin », il avait sorti son paquet de cigarettes et son briquet genre Bic : « Vous fumez ? » J'ai dit « Non », mais je lui en ai pris une et j'ai aspiré une grosse bouffée jusqu'à la dernière alvéole de mes bronches. Il m'a dit qu'il ne désirait pas m'asphyxier, il m'avait attendue « pour un rapport d'étonnement mutuel sur nos deux entretiens avec ces dames ». Selon lui, à leur décharge, les effets de la course au crédit, du loyer trop cher nourrissaient leurs minables intérêts personnels. Elles méprisaient les valeurs d'un monde qui ne voulait pas d'elles.

« Qu'est-ce que vous en dites, Miss ?

— Je préfère La Palice. »

Je ne voulais pas être désagréable mais c'était fait, vu son air ahuri. Connaissait pas La Palice, celui-là. Un grand sage, voyons, Martin. « Il mourut le vendredi, le dernier jour de son âge, s'il fut mort le samedi, il eût vécu davantage. »

(Cette phrase, un jour viendrait où je la regretterais pour la vie…)

Sur l'instant, sourire n'est pas rire mais on y était presque. On tirait sur nos clopes. Je remplissais ma bouche de fumée et l'exhalais en petits cercles gris aussitôt envolés – Alias adorait et on ne le disait à personne puisque je ne fume plus. Martin m'observait avec le genre de regard qui ne regarde pas. Et puis, mine de rien, il a lâché : « Tu connais le proverbe russe qui dit : le passé est toujours imprévisible ?

— Et pour le présent, tu dis quoi ?

— Je dis oui. »

Et on est devenus amis tout d'un coup : sur son blouson de cuir, accroché par un pin's à la boutonnière, je venais de découvrir le ruban vert du poireau ! Le Mérite agricole ! Martin était décoré de l'ordre du Mérite agricole ? Où ça ? Ma campagne, ta campagne ?... J'ai jeté mes bras autour de son cou.

Nous avions tous deux 50 ans et nous avions grandi à quelques kilomètres de distance. Deux villages perdus parmi d'immenses champs de blé et de colza, comme une nappe d'or pâle où le vent creusait de longues vagues, avec juste un clocher et sa girouette pour couronner la tour et pointer l'horizon. Trois fermes se partageaient la plaine, et je passais mon temps à cavaler entre les meules de foin, les cueillettes de cerises et l'orée d'un bois où j'avais pour ami un bébé hibou tombé du nid, encore tout blanc. Je venais chaque matin en cachette lui apporter des bouts de vers de terre, des mouches attrapées sur les vitres au torchon. Je veillais à ce que personne ne me voie et risque de s'en prendre à lui. L'histoire est trop longue pour la raconter ici : maman hibou restait perchée sur une branche, la plus basse. Nous nous regardions, elle et moi, sans bouger depuis mon tapis de ronces. Et un jour, le plus beau de mon enfance, pas de bébé hibou sous l'abri de brindilles et de feuilles que je lui avais construit. Bébé hibou était perché sur la branche, à côté de sa maman. Et ils ont pris ensemble leur envol silencieux, lui presque porté sous ses grandes ailes arrondies. Maman hibou m'avait attendue pour partir.

Martin m'a attrapé la main : « À quoi tu penses ? Reviens ! » Je pensais à Alias et au bébé hibou, je me disais, l'amour est comme les nuages, il peut prendre des formes inimaginables. Et soudain, cela m'est sorti par les yeux, comme on se frotte les paupières, j'ai vu trente-six chandelles : « C'est toi, le fils Prieur ! Le morveux qui lançait des pierres aux chiens en rigolant et si tu me voyais de loin, tu me poursuivais pour me lâcher des pipistrelles dans les cheveux. » Il s'est caché le visage dans les mains.

« Je suis épuisé… Il va falloir mettre en ordre tout cela. J'aurais bien aimé occuper le même lit que toi, la nuit dernière, j'aurais eu moins froid. »

Martin m'aura toujours surprise. J'ai failli lui dire que je n'avais rien d'une bouillotte mais je me suis tue. Il n'avait plus de regard du tout. Absent. Figé. Comme si un dernier soupçon de sympathie envers moi l'empêchait de se lever, de partir, de ne pas se retourner. Je l'ai retenu par la manche : « Martin, je connais la tête que tu fais, je devais avoir la même en sortant de leur bureau.

— Oui, a dit Martin, toutes ces similitudes entre nous… Elle en dit long, la façon dont nous nous sommes retrouvés. Le temps n'a plus d'avenir sans mes enfants. Le temps réel, celui pour lequel je pourrais montrer un peu d'imagination, ce serait toi ?

— Arrête, Martin, tu penses à moi pour te passer la corde au cou ? »

(Et pourquoi j'ai dit une chose pareille ?)

Il a fini par accepter de me résumer les épisodes précédents et j'ai adoré le début. Ses parents avaient fait une hypothèque sur trente ans pour garder leur ferme et, au bout de dix ans, ils avaient réussi à obtenir un taux de fermage pour la location des terres nues et des bâtiments agricoles. Et Martin qui avait trimé toutes ces années, du matin au soir, les dimanches compris, avait été décoré du Mérite agricole, pour avoir sauvé la ferme, sur proposition du conseil général du département.

Départ pour la Grande Ville. Appartenir aux champs cultivés vous brise les reins et le cœur, à la longue. Mystère. L'essentiel n'est toujours pas en vue. Martin tombe amoureux. Très amoureux. Ils auront deux garçons. Il ne dira pas un mot de plus sur son mariage. Il refuse de me parler de sa femme. Il ne veut plus la voir. Les garçons non plus ne veulent plus voir leur mère… Pour moi, tout de suite, il y a du Chouchou dans l'air et j'ai un creux à l'estomac. Une autre clope, please ? Martin ne m'entend pas.

Je sens que nous nous rapprochons des Schmolles. Le ciel affiche un voile gris. Il se met à penser lentement, tout haut, presque tout bas. Pour le compte d'une grande marque et l'optimisation de ses entreprises, il roule

70 000 kilomètres par an pour visiter seul un nombre infini de villes et revenir à son point de départ, à n'importe quelle heure du jour ou de la nuit.

Une fin d'après-midi, il trouve sa femme accroupie sous le piano, avec une taie d'oreiller sur la tête, elle hurle à la mort comme un chien, elle s'étouffe dans ses sanglots, elle s'emmêle dans des mots jetés au hasard, elle déteste les enfants, il n'y a plus d'enfants et elle va se foutre en l'air et elle supplie Martin de leur dire qu'elle les aime. Samu. Hôpital psychiatrique.

Martin découvre les enfants ligotés et bâillonnés à la cave. Ils supplient leur père de les aider à ne plus jamais voir leur mère. Ce n'était pas la première fois. Pourquoi n'ont-ils rien dit à leur père ? « Pour ne pas faire de peine à maman… »

Dans la vie réelle et le passé de cette vie réelle, Martin était resté le travailleur acharné qu'il avait été à la ferme. Il n'a rien vu de la lente dégradation de son couple. Sa femme s'endormait avant lui plus souvent qu'à son tour. Plus de gestes d'amour. Pas même une petite fellation. « Voyons, Martin, ce n'était pas forcément son plat préféré… » Enfin, petit sourire de Martin et coup d'œil appuyé. J'insiste : « L'amour conjugal, parfois, c'est comme faire les soldes. Les femmes aussi sont victimes de leurs meilleurs souvenirs. » Martin ne veut plus de ces souvenirs. Sa femme, il ne veut plus la voir. Elle n'était pas si folle. En son absence, elle a obtenu une sortie de l'hôpital psychiatrique. Elle a porté plainte contre lui pour « non-assistance à personne en danger » (sa petite personne – du Chouchou copié-collé) parce qu'il ne trouve plus jamais le temps de s'occuper d'elle. Le désordre, l'incohérence, l'oubli qu'il lui témoigne, l'enfoncent dans la dépression, elle vit dans un cauchemar. Huit jours d'hôpital et elle est rentrée chez eux.

Malgré la présence de la mère de Martin qui gardait les enfants et s'est fait consciencieusement insulter, avant de se réfugier à la cuisine, elle a photographié chaque page de ses agendas sur deux ans. Pour prouver qu'il n'était jamais là.

Voilà comment nous nous sommes retrouvés aujourd'hui, a dit Martin.

Le dossier est bouclé. Il part chez le juge. Mère en danger, inapte à s'occuper seule des enfants. Père toujours absent.

Et les Schmolles tellement compatissantes : « Soyez humain, monsieur, ces enfants ont besoin d'un foyer où l'on prendra soin d'eux. »

Foyer, foyer, quand tu nous tiens, chères Schmolles. L'obscène est sourd à la douleur.

J'ai juste dit à Martin : « T'inquiète pas trop, tu peux faire appel dans les quinze jours. » Sa réponse m'a empêchée de lui prendre les deux mains pour les serrer dans les miennes : « C'est la légitimité de la chose qui m'inquiète, elle échappe à toute morale humaine. »

Tous les témoignages que j'avais recueillis me remontaient au cœur, comme des coups portés à des enfants que l'on dépossédait d'eux-mêmes. Tel celui de Mina, 14 ans, exemplaire de l'univers généré par les Schmolles : « Je suis sortie du tribunal, je voulais m'échapper alors on m'a mis des menottes. Ils m'ont mise dans le fourgon, puis dans le train cellulaire. C'est une petite pièce comme les toilettes où l'on t'enferme. Je suis arrivée et la police de la région a ouvert la porte. Un éducateur est venu me chercher à la gare pour me conduire au foyer. Il a insisté pour que je garde les menottes, ça m'a traumatisée. »

À ma grande surprise, Martin aussi avait des munitions. Il a sorti du tréfonds de son grand blouson une page arrachée au journal *Le Monde*, en date du 31 janvier 2019 et adressée au Premier ministre par la Ligue française des droits de l'enfant. « Nous demandons que l'État reprenne le contrôle de la Protection de l'enfance. Ses structures détournent l'argent public à travers les placements abusifs, au moyen de mesures injustifiées, ordonnées par des procédures judiciaires fabriquées de toutes pièces, à l'appui de faux en écriture. Le service de la Protection de l'enfance est à bout de souffle, perverti par des flux financiers opaques. »

Il dépose la feuille du journal sur le banc, comme pour la mettre à disposition d'autres fantômes, elle palpite un peu puis s'en va traînasser sur le trottoir. Martin finit par l'écraser du talon : « Ce sont les mots que nous souhaiterions entendre, mais ils sont comme les rêves, invendables. »

J'ai levé les yeux au ciel pour voir s'il y avait un nuage. Rien. Que du gris. Comme Martin.

Il a ajouté : « Dans les champs, les légumes gèlent. Certains ne verront pas le printemps. Moi non plus si on me kidnappe mes enfants. » Puis il a passé son bras autour de mes épaules. « Merci pour ce doux moment. Je voudrais dormir avec toi pour que tu me réchauffes le cœur. »

J'ai ôté son bras de mes épaules, repoussé son gros blouson et me suis levée un peu vite : « Tu ne me connais même pas, ou si peu. Tu perds la tête ou quoi ?

— Je préférerais "ou quoi", a dit Martin. Mais c'est vrai, je perds la tête… »

L'ombre du regard de Martin errait dans celui d'Alias quand je l'ai rejoint. L'ombre seulement. Il avait à portée son produit de substitution, la PS4. Maintenant je venais parfois quand Maxime sortait le soir pour lui tenir compagnie pendant le dîner et veiller à ce qu'il ne regarde pas, en cachette, sous les draps, avec une lampe de poche, l'un de ses foutus écrans jusqu'à une heure impossible. Je dois à la vérité de dire que je ne l'en empêchais pas une seconde et que je mentais à son père pour l'assurer qu'il avait éteint de bonne heure. Sa concentration était si intense, presque grave, et son visage d'adolescent affichait déjà des contours plus nets, détendus. Autant de pris sur la souffrance. Avec les Schmolles, elle n'en finissait pas de se prolonger et de se donner à voir. À preuve, la tête à l'envers d'Alias et comme bouclée à double tour quand je suis arrivée. Et ses premiers mots en guise de bonjour : « Papa m'a dit des choses horribles sur toi, je ne te vois plus du même œil. » J'en ai perdu ma langue. Et puis j'ai serré les dents, désinvolte autant que possible :

« Ce sont des mots menaçants et désespérés, des fariboles.

— Il dit que tu m'as trahi. »

Même mon jean a semblé se métalliser sur moi. Suis restée muette. Et bête. Et lui qui me fixait de ses yeux d'un bleu tout assombri. Un inquisiteur, ou quoi ?

« À quoi tu ressembles, maintenant, je ne te reconnais même plus ? Si vous dites que je t'ai trahi, il y a erreur, ce n'est pas moi. Et si ce n'est pas moi, vous n'avez plus besoin de moi. » (Dans le genre La Palice, suis peu douée).

Oui, sur le moment, j'ai eu envie de tout plaquer. Le super-papa qui aime tant son fils qu'il fait son possible pour que celui-ci n'aime que lui. Tout ce qu'il souffre pour le sortir du piège exige des dividendes, de l'amour en plus – et pas une miette pour d'autres. La super-avocate qui prend 350 euros de l'heure et facture à la minute les consultations par téléphone. N'a jamais daigné me livrer la moindre information pour m'aider à comprendre, peut-être parce que cela aurait été gratuit… Et qui n'a même pas repéré l'ombre de l'acharnement sans fondement des Schmolles en titre.

L'ado qui ne fout rien en classe, commence à mentir tout le temps, à voler de l'argent dans une poche quand il trouve plus sympa d'aller au Burger King et sécher le collège. Se voit très bien en traîne-savates, au mieux gardien de parking, enfin une vie où personne n'aura l'idée de l'embêter. Et ne finira pas en foyer, son père possède sans doute assez d'argent pour déguerpir avec lui en cas d'urgence, et il vendra ailleurs ses assurances à ceux qui ont peur d'en perdre. Et je les ai déjà avertis de vérifier la validité de leurs passeports s'ils préfèrent l'Amazonie à la Suisse, ou Singapour. Les Schmolles ne sont pas branchées Interpol.

Et soudain, j'ai vu qu'Alias, toujours debout contre la porte – nous n'avions bougé ni l'un ni l'autre pendant ma tirade précipitée –, me regardait comme une étrangère, une récitante neutre qui rayait d'un trait tout ce que nous avions vécu. Nous sommes à nouveau restés silencieux. À quoi servirait d'être gardiens du néant ?

Et elle est revenue, ma merveille, celui que j'avais aimé depuis ses premiers jours dans mes bras. Mais qu'il avait donc grandi. Quand il s'est approché et a posé ses deux mains sur mes épaules, son front atteignait mes sourcils :

« Papa sait que tu fais très mal la cuisine alors il nous a préparé des lasagnes à la bolognaise, il faut juste allumer le four. »

Mais je ne parvenais pas à penser à autre chose. Même en mettant le couvert, les Schmolles ne me quittaient pas. « N'allez pas chez le médecin, vous en sortirez plus malade. » Encore un avertissement sur Internet d'une mère de famille après son passage devant le juge aux affaires familiales qui me revenait à l'esprit. Il faut savoir que seul le juge décide du début et de la fin d'une AEMO. La pauvre dame expliquait qu'il existait trois sortes de juges. Elle les baptisait Choco Pote, Choco Borné, Choco Laxiste. Au petit bonheur, la malchance, l'un d'eux validera les fabulations des Schmolles. Qu'importe si les faits rapportés sont réels ou exagérés. « Dès lors que les services sociaux sont saisis, on entre dans une dimension insoupçonnée, celle de la toute-puissance. »

C'est vrai que je suis une mauvaise cuisinière, trop vite lassée pour suivre une recette. Celle que je poursuivais avec les Schmolles commençait à me donner une indigestion. Je n'avais pas été équitable, toutes mes recherches à leur endroit s'étaient révélées à charge. Je les avais considérées comme des chiennes de chasse qui courent après leur proie. Parfois l'une d'elles s'arrête à quelques centimètres de son gibier, comme si une panne miraculeuse de flair lui faisait l'épargner. Celle-ci, je ne l'avais pas encore trouvée. J'avais donc tapé sur Internet : « Témoignages positifs AEMO ». Tout le monde peut le faire, tout de suite. Une pleine page affiche « Recherches “associées” à témoignages positifs AEMO ». C’est un petit salon de la philosophie du malheur. Chacun y va de son ressenti :

« L’assistance éducative, facteur d’accélération de l’aliénation. »

« Abus de pouvoir et mépris des familles. »

« Comment se sortir d’une AEMO. »

« Abus AEMO. »

« Porter plainte contre AEMO. »

Sur Google, il y en a dix pages. Le mot « positif » ne s’inscrit qu’aux rubriques mises en ligne par l’AEMO elle-même, « qui permet un retournement positif au bénéfice de l’épanouissement de l’enfant ». Décidément, toutes les promesses ne sont pas égales devant la loi.

Nous, avec Alias, quand nous dînons ensemble à la cafétéria du coin, nous commandons toujours un Féerie Cake, un gâteau pur chocolat et glaçage noisette. Notre façon de rompre nous aussi avec l’ordinaire, lorsque son père s’offre une petite sortie. Nous avons dégusté les lasagnes presque en silence, l’air un peu absent, le temps de retrouver les mots qui nous réuniraient de nouveau comme avant. Nous nous sommes regardés encore et encore, par petits coups d'œil limités, et une infinie tendresse est revenue toute seule. On a trinqué au Coca-Cola : « À toi, Alias, et à ton super papa !

— Il n'est pas super, a répondu Alias, il est à l'Opéra avec Clémentine.

— Tu l'aimes bien, Clémentine ? »

J'ai entendu un petit rire à l'étouffée : « Ouais, elle est comme un lave-vaisselle qui nettoie les vieilles casseroles. » Léger rictus d'Alias, non dépourvu de douceur. Et c'était quoi, la représentation, ce soir ? *La Flûte enchantée*, de Mozart. J'en ai battu des mains : « Tu connais le grand air de la Reine de la nuit ? Un enfer vengeur bat dans mon cœur, mort et désespoir flamboient autour de moi, trouve la force de la tuer… » Je me tais net. Une petite décharge et une zone d'ombre sont passées sur Alias. Il renverse exprès son verre de Coca. Je renverse le mien pour faire semblant de jouer. On continue, Alias, on renverse la table ? Ma gaffe est impossible. Remettre Chouchou sur le tapis, serait-ce à l'Opéra. Je ne sais plus quelle imbécillité d'usage sauverait la situation. C'était oublier que les ados savent tout sans le savoir.

« T'inquiète, a dit Alias, c'est leur troisième flûte. »

Pour ma part, j'en offrirais peut-être une quatrième (sans la musique et dans un verre de cuisine) à Adrien Taquet, mais sans trinquer avec lui, il ne le mérite pas encore. Chargé de la Protection de l'enfance au gouvernement, le 19 janvier 2020, à la suite du terrible et magnifique documentaire de *Zone interdite* diffusé par M6 sur le scandale et les souffrances des enfants placés, il a aussitôt fait part de son émotion et de sa détermination à agir. On me dira que c'est la première phrase type que tout homme politique apprend par cœur à ses débuts. Grèves, Crimes, Jeux olympiques, Funérailles, la petite phrase ouvre tous les discours des gens au pouvoir. La presse unanime a montré plus d'imagination. Que des gros titres. « Où est l'État ? » – « La Protection de l'enfance est malade » – « Éducateurs engagés sans expérience, sans formation » – « Des dysfonctionnements impardonnables » – « C'est un échec collectif »... Trois millions de téléspectateurs, une prise de conscience nationale. Mais je n'étais pas consolée. Personne n'avait parlé de l'AEMO, qui est le chemin le plus sûr vers le foyer…

On dit que le hasard, c'est Dieu qui se promène incognito, et j'ai croisé le seul dieu dont j'avais besoin pour une minute, Adrien Taquet, incognito, à la terrasse de Lipp, et je l'ai attrapé par la manche (il lisait son journal) :

« Pardon de vous déranger, monsieur le Ministre (ceci dit pour le mettre de bonne humeur), j'ai beaucoup apprécié les réformes que vous avez en tête. Avant que vous ne les dévoiliez, puis-je savoir si l'une d'elles concernerait l'AEMO ? »

Il a pianoté sur le marbre du guéridon : « AEMO, AEMO… Quelle mesure serait prioritaire pour le bien de tous ? »

Ma réponse était prête : « Envoyer d'urgence le personnel d'encadrement en formation sur le thème de la bientraitance de l'enfant. Sans toujours discriminer le parent protecteur. »

Vous n'allez pas le croire, il m'a dit « Vendu ! » avec un claquement de doigts. J'y ai cru une minute, j'ai failli lui sauter au cou. Et puis je suis revenue au réel. J'ai ajouté : « Laisser les enfants dormir en paix serait aussi une bonne chose. » Là, il m'a regardée comme une ahurie. Il avait raison. Je n'allais quand même pas lui suggérer de proposer le 49.3 à l'Assemblée nationale sur le sujet.

La bientraitance des ados n'entre pas dans la réforme du monde du travail. Autant attendre qu'Alias soit grand-père. Et qu'il touche une retraite convenable.

Je veux bien admettre que les Schmolles aient une bonne mauvaise conscience. Et que l'attente des primes leur inspire une peur panique d'être renvoyées à l'oubli, voire à la grande précarité, étant donné leur absence de formation. Leur principal atout : l'inquiétante opacité qu'elles maintiennent autour de ceux qu'elles suivent. En principe, une AEMO est ordonnée par le juge des enfants et ne peut dépasser deux années… « Mais peut être renouvelée par une décision motivée. » Dans la grammaire Schmolles, le synonyme est : « On trouvera bien. » Et voilà que Chouchou a failli compromettre toutes leurs résolutions. Elle a déclaré à Cul de bouteille et Chignon rose qu'elle ne voulait plus de contact avec son fils. Quoi ? Mme Cornut n'avait plus le moindre soupçon de moralité ? Elle serait déchue du droit parental, l'enfant confié à la garde exclusive de son père ! Adieu veau, vache, cochon, foyer… L'avocat de Mme Cornut a contacté Clémentine : il y a des fins qui surviennent trop tôt. Sa cliente était parvenue au bout de son chagrin avec l'éloignement de son fils. Ce refus de le revoir n'était qu'un signal de détresse dans un monde judiciaire qui refusait de l'entendre…

Futée comme il faut, Clémentine coupa très vite la communication, elle le regrettait mais elle avait d'autres obligations. J'ai beaucoup cru en Clémentine. J'ai même rêvé qu'elle les adopte tous les deux, Maxime et Alias. Elle était rassurante, maternelle. Par contagion, ils pourraient attraper son équilibre, sa confiance en l'avenir. Et sa perspicacité. Maxime avait commis une sacrée gaffe en épousant Chouchou. Son propre fils, encore petit, s'était roulé par terre en criant : « Et pourquoi tu l'as épousée d'abord ? » Et son papa, toujours honnête, avait répondu : « On ne savait pas qu'elle était comme ça. » Le « On », en la circonstance, aurait pu être un pronom de majesté, mais il semblait mettre Alias dans le même sac que lui. Clémentine avait les épaules larges, elle pourrait les embarquer ensemble.

J'ai alors pris conscience qu'en pensant à Chouchou je n'éprouvais plus rien. Elle me restait en mémoire comme une marionnette suspendue à des fils. Nous devenions tous étrangers à nos actes où seule une misérable incarnation de la statue du Commandeur, pseudonyme AEMO, représentait une figure vengeresse. Celle-ci avait provoqué en nous le syndrome de la résistance, cette capacité à supporter coûte que coûte ce que l'on désapprouve. Les mensonges de Chouchou étant sa seconde nature, au point où nous étions parvenus, comme on disait dans mon village d'enfance : « Cela m'en touche une sans faire bouger l'autre. »

Et pour couronner le tout, coup de fil furieux de Maxime contre son fils. Et moi. Interrogation écrite au collège sur l'éternité. Prose d'Alias : « C'est difficile de croire au progrès. Si j'essaie d'imaginer l'éternité, je crois que ça pourrait ressembler à un pub anglais un samedi après-midi. Le temps est vraiment suspendu, non, on dirait un affreux sirop dans lequel on serait tous englués. »

« Et tu es fière de toi, tu prétends surveiller ses devoirs ? »

J'ai préféré raccrocher au nez de Maxime. Alias avait exprimé sa vérité. Nous devions la respecter. Je lui donnais raison.

Le présent n'appartient à personne. C'est le passé qui lui donne la parole. Les gestes qui le prolongent deviennent vite inévitables et périmés. On atteindrait dans quelques semaines la fin des deux années d'AEMO. Autant dire quitte ou double. Si je me surprenais à rire ou à espérer, c'était soudain comme si je gaspillais un peu d'un trésor gagné par d'autres. Cela me faisait rougir. Tous les quinze jours ou trois semaines, je ne sais plus, Alias subissait encore une série d'entretiens ou d'épreuves, dites ludiques, par ces dames. Une seule fois, et il n'y en aurait pas deux, je lui avais demandé comment cela se passait avec elles.

Réponse, voix neutre : « Coups de couteau. » Sans même un coup d'œil de travers. Ni un soupir. Absence totale. Mon courageux.

Et puis un autre jour, il n'y a pas si longtemps, quelqu'un a appuyé sans lâcher prise sur ma sonnette, tout en tapant du poing contre la porte et en donnant des coups de pied. Je regarde par l'œilleton. C'est Alias. C'est moi qu'il regarde. J'ouvre en grand : « C'est quoi ce boucan, tu es malade, poursuivi, insulté, donne-moi une bonne raison ou je te referme la porte au nez ? »

Il baisse les yeux, il baisse le nez, il baisse les épaules. Il ne s'excuse pas, il dit : « Tu veux bien qu'on regarde les Simpson ? »

Je ne me suis pas encore inquiétée mais j'ai su qu'il s'était passé quelque chose. Alors, en route avec les Simpson. Ils sont les prophètes du futur. Ils sont jaunes et moches avec seulement quatre doigts aux mains mais ils savent tout. Avec eux, on se sent toujours vengé de toutes les bêtises. Le vrai héros, c'est Bart, qui a l'âge d'Alias. Il est nul à l'école et il en est fier. Il harcèle ses parents parce qu'il s'ennuie tout le temps et, dans l'épisode 21 – Alias insiste pour que nous regardions celui-là –, il réussit à entraîner sa famille dans une croisière où le capitaine du bateau adore chanter *Enjoy it while you can*. Ce qui fait penser à Bart que tout a une fin et qu'il devra retourner s'ennuyer encore davantage à terre. Il a soudain l'idée d'annoncer au capitaine qu'il a vu un flash à la TV qui ordonne à tous les bateaux de n'aborder nulle part : un virus mortel nous attaque, le monde entier est mis en quarantaine… Seuls ceux qui restent sur l'eau auront la vie sauve. Pour Bart la croisière du bonheur n'est pas près de finir… J'éteins l'écran, Alias assis sur la moquette, les genoux sous le menton entre ses bras croisés, ne bouge pas. La lumière du printemps était arrivée la veille, on avait des bouts de soleil par la fenêtre, « Viens, Alias, prends ton skate, on va aller s'acheter des glaces et voir au parc si des copains à toi sont là. » Pas de réponse. Pas de regard. « Alias, tu dors ? Alias, tu rêves ? Alias, tu fais tes premiers pas sur la Lune ? Tu te prends pour Humulus le muet, tu économises tes mots pour me faire une belle déclaration plus tard ? Alias, merde !

— Maman m'a écrit une lettre. »

Et puis, il m'a dit « Je t'aime », tout bas, comme lorsqu'il était petit.

Après un silence : « Tu veux la lire ? » J'ai dit : « C'est toi qui décides. » On se regardait chacun comme si l'autre était un miroir. L'intuition est invivable. On y voyait une fois de plus Chouchou semer la détresse dans la réalité.

J'ai presque béni Martin de nous interrompre tellement j'avais peur. C'était une cascade de coups de fil. J'ai laissé sonner sans répondre, pour écouter ensuite le répondeur au cas où il aurait vraiment besoin d'aide. Les messages sont tombés comme les quilles d'un jeu de boules.

« Crois-tu pouvoir être disponible cet après-midi ? »… « Vers quelle heure peut-on se retrouver ce soir ? 19 h 30 ? Et où ? »… « On a eu droit aux grands pleurs et à la grande crise avec les enfants. Les garçons m'ont supplié d'appeler l'hôpital pour une admission »… « Prochaine étape au téléphone dans deux heures avec le psychiatre »… « Les médocs vont-ils faire leur effet ? » Et le dernier, pas le plus convaincant : « Merci de ton soutien. » Six messages en quatre minutes.

« C'est qui, celui-là ? a demandé Alias.

— Sais pas trop mais c'est pas beau. Cracher ses émotions à tout hasard, c'est comme tousser sans mettre la main devant sa bouche.

— Alors, à nous ? On crache ? »

Cela dit avec la mine qui n'allait pas avec la blague. La mienne non plus, sans doute. On aurait cru qu'un gros nuage s'était collé aux vitres. Tous deux mal à l'aise dans un silence qui nous prenait de court. Alias se tenait le dos fléchi, les mains appuyées sur ses genoux comme un gardien de but mais ses cils battaient un peu vite.

J'ai essayé de sourire en espérant devenir sourde trois minutes sans qu'Alias s'en aperçoive pendant qu'il me lirait la lettre. Je me suis assise au bord du canapé, mais lui il s'est redressé et il a dit : « Tope là ! » On s'est tapé dans les mains à plat, puis dans les poings serrés, puis chacun à l'endroit du cœur. Je ne lui ai pas dit : « Je veille sur toi même quand je dors. » (Pour me consoler moi-même, c'est minable.) Il a ouvert son portable et m'a tendu l'écran allumé :

« À toi, lis à haute voix. S'il te plaît. Mais tourne-moi le dos. »

Comment refuser ? Les mots se sont mis à défiler comme sur un fil pourri qui tendrait à contaminer le destin. J'ai voulu maintenir un ton uniforme, sec, impersonnel, quasiment celui d'un adjudant, celui qui joue le rôle du chien de garde quand l'ennemi montre les crocs. « Mon amour chéri, ta naissance a été le plus beau jour de ma vie. Si j'ai dit que je ne voulais plus de contact avec toi, c'est parce que ton absence est une telle souffrance que parfois j'essaye d'y mettre fin. Pourquoi as-tu raconté de si vilaines choses sur moi ? Tu sais très bien que jamais je ne t'ai frappé, ou maltraité. J'ai trop d'amour pour moi. [OUI, elle avait commis le lapsus, le plus beau de sa vie tout entière.] Alors, j'ai aussi écrit au juge pour lui dire que c'est ton éloignement qui m'a fait refuser le contact. La vérité, c'est que dans le manque immense de pouvoir à nouveau te prendre contre moi, je n'attends qu'une chose, que tu me fasses signe, que tu m'appelles, que je puisse à nouveau te serrer dans mes bras et te dire combien je t'aime. Maman. »

Je ne me suis pas recroquevillée de dégoût, je devais être digne d'Alias. Il était resté immobile, les bras croisés, le regard ferme avec quelque chose d'opaque, pour faire obstacle à la pitié : « Qu'est-ce que tu en penses ? »

Maintenant je comprenais pourquoi ma mère m'avait dit autrefois : « Pourquoi n'es-tu pas morte à la place de ta sœur », c'était honnête, au moins, à l'inverse de Chouchou, puisque son amour était si grand pour l'autre. La douleur fait toujours droit à la parole, même au risque de blesser.

J'aurais pu dire à Chouchou, « Ta comédie ignoble n'est même pas digne d'un enterré encore un peu vivant qui griffe son cercueil. Un cadavre est plus estimable. Au moins, il la boucle. »

Je me suis blottie tout contre le dos d'Alias, les bras autour de son cou, petit baiser furtif dans son cou – ce que les ados détestent, pour qu'il me repousse gentiment. Et même que je l'agace, c'était plus sain.

« Par respect pour toi, je ne dirai rien. Tu as tout compris. Sauf que tu seras un homme magnifique. »

« Tout cela est arrivé comme si tout était déjà écrit. » La vie est quand même troublante, c'étaient les premiers mots du mail vespéral quotidien de mon amoureux de service, après qu'Alias fut reparti sans un mot mais les épaules plus hautes. « Nous avons échangé, nous nous sommes découverts. À mon âge avancé, ce qui m'anime est de profiter jour après jour, sans penser à demain, de ce que la vie apporte de sensations, de rêves. Imaginer notre prochaine rencontre est pour moi un stimulant tant pour le corps que pour l'esprit. Mais ça, c'est de la métaphysique d'un être sans repères errant dans l'incertitude de la virtualité que vous ne partagez pas. À quoi bon s'envoyer en l'air sans lendemain ? C'était votre question du jour, dimanche dernier. Suivie d'une autre que vous n'avez pas formulée mais que j'ai comprise lorsque vous m'avez tourné le dos, sans un mot, pour vous endormir aussitôt. Que peut m'apporter cet individu sinon de la virtualité débridée ? Désolé pour cette prose d'un scientifique banal. Je vais réprimer mes pensées déplacées et irrespectueuses que je n'aurais jamais dû vous divulguer. »

La vie imposée par les Schmolles nous rendait tous bancals. La nuit, il n'y avait plus jamais de lumière à tous les étages. Je ne donnais même plus mon euro du jour, à la sortie du métro, au chômeur professionnel qui avait ma sympathie de longue date. Les petits moments de bonheur n'étaient plus que des cache-poussière. Que mon amoureux en surplus de neurones ait des états d'âme, c'était du bavardage, sans plus. Je n'avais jamais rencontré quelqu'un qui sache aussi bien s'occuper de soi. Que lui répondre ? Ce qu'il avait bien cherché :

« Le silence n'est-il pas le summum de la virtualité ? Je vous y rejoins ainsi. Cette fin arrive-t-elle trop tôt ou trop tard ? Je suis la seule coupable. Vous avez été honnête. Vous m'avez séduite sexuellement, ce qui est déjà un beau cadeau. Je m'aperçois aujourd'hui que vous n'avez jamais montré d'autre forme d'attachement. Disons que pour un certain temps, j'ai été votre tas de molécules préférées – j'en suis fière ! Mais je ne suis pas la reine des faux-semblants. Vous possédez l'art de combiner et manipuler les molécules. Avec Alias, dont je vous ai souvent parlé, j'ai appris l'importance de l'attachement : se battre pour donner à autrui le pouvoir et la liberté d'exister. Et en cela, vos recherches n'ont pas encore abouti. »

Quitter l'histoire d'Alias pour interroger une histoire commune peut-il aider à comprendre ?

Face aux Schmolles, aucun d'entre nous n'avait pu rester ce qu'il était. Et soudain, 17 mars, en France, état d'urgence sanitaire, confinement généralisé, à la suite des cent-quatre-vingt-neuf pays déjà touchés. Chacun d'entre nous ne pouvait plus trop présumer de ce qui allait se passer pour lui-même ou autrui. La planète était mise à l'arrêt, comme l'avait dit Bart. Alias et moi savions que les Simpson ont toujours raison mais c'était un peu comme croire au bon Dieu, une idée qui ne fait de tort à personne, et pas forcément du bien non plus. Le capitaine de la croisière de Bart continuerait à chanter *Enjoy it while you can* et ils échapperaient au virus mortel. Pour nous autres, fini « l'enjoy ». Ne pas être contaminés serait un privilège, pas un droit. Nous mettrions plusieurs jours à y croire. Des mois à nous en remettre. C'est naturellement Martin qui m'a avisée en premier, par texto : « Tu te rends compte, maintenant il faut un papier pour aller faire pisser son chien ! »

Attestation de déplacement dérogatoire. Du sérieux. Qu'allaient devenir nos Schmolles dans l'histoire ? Pour Alias et nous autres, miracle ! (Je ne prononcerais ce mot devant quiconque, par respect et compassion pour tous ceux qui en resteront meurtris et dévastés à jamais.) Cependant, dans l'intimité, ce mot n'a rien d'indécent puisqu'il signifie « apparition subite d'une réalité cachée ».

À la Une du *Monde* du 21 mars, quatre jours seulement après l'alerte : « L'Aide sociale à l'enfance dans la tourmente de l'épidémie, C'EST TOTALEMENT EXPLOSIF ». Et en sous-titre : « Un taux d'absentéisme inédit chez les éducateurs, 30 % ». Nos Schmolles à nous, c'était Courage, fuyons.

Plus de contacts avec les enfants, juste des appels téléphoniques. Des dégonflées. Les facteurs étaient plus courageux qu'elles, à continuer de nous livrer nos paquets au risque de choper le virus. AEMO suspendue. Visites médiatisées avec les mères, suspendues. Communiqué du ministère : « Le tribunal ne traite que les mesures indispensables et urgentes. Effectifs très réduits. » Le cas d'Alias passerait à la pesée des illusions, des manipulations des Schmolles qui voulaient la victoire de Chouchou. Non pas la fin de l'AEMO, mais le foyer. Autant dire que cela ressemblait au tirage du Loto : 1 chance sur 5,99 de gagner…

Et devant le tribunal où l'audience du cas d'Alias devait se tenir dans quelques jours, une banderole blanche accrochée par des parents anonymes sur la façade, que je n'oublierai jamais : « Tony 15 ans, Judith 1 an, Julien 4 ans, Omar 12 ans, Rendez-nous nos enfants. »

Bien sûr, Alias ignorait tout des échos donnés par la presse aux abus de la Protection de l'enfance. Avec l'accord de Maxime, j'avais discrètement kidnappé la télécommande de sa télévision. On lui avait procuré une console Day One où il pouvait jouer en mode portable avec le WiFi. *Fortnite, FIFA, Call of Duty*, il avait sa came au complet. Les nouvelles du monde, ce serait pour demain. En espérant qu'elles s'améliorent.

S'il avait des rêves, ceux-ci n'étaient plus des passagers clandestins. Il paradait avec un top junior Nike PSG zébré de rouge comme par un éclair et le jogging assorti. Lorsque le président de la République avait annoncé à la télévision la fermeture des écoles (le confinement), comme des milliers d'enfants, à la seconde même, il avait poussé un hurlement de joie en bondissant sur place et en dansant les bras levés au ciel… (Aucun parent ne me contredira.)

Quant aux Schmolles, nous nous en doutions un peu, il leur restait encore un ultime plaisir. Une façon de finaliser leur exode en beauté. Leur dernier geste, peut-être ? L'une d'elles a appelé Alias sur son portable et, par chance, Maxime le lui avait confisqué le temps qu'il termine ses devoirs pour le collège face à l'ordi. C'est lui qui a décroché. La dame savourait la nouvelle comme si elle l'avait toujours connue. Elle livrait ainsi leur intimité avec les mots qui accablent, inquiètent, menacent. Il était exceptionnel, disait-elle, qu'un jugement soit communiqué par téléphone mais, vu les circonstances…

« Une seule question, monsieur, vous ne voudriez pas que votre fils grandisse avec l'idée qu'il est une victime ? À savoir qu'il ne pourra rien faire par lui-même pour changer cette situation ? Eh bien, monsieur, l'avenir est à lui. Après un long délibéré, le juge des enfants a livré son verdict : la plainte que la police avait déposée en votre nom auprès du procureur est classée sans suite. Mme Cornut recouvre tous ses droits parentaux. »

Maxime a raccroché sans un mot. Il a ouvert la fenêtre et s'est penché au-dehors. Figé dans un silence aussi fort que s'il faisait du bruit. Pour laisser de l'espace aux paroles, mais lesquelles ? Alias a levé le nez du cahier où il faisait semblant de recopier les questions de l'ordi – j'étais là pour ses leçons –, un peu interloqué :

« Qu'est-ce qui se passe ? »

Je me suis dévouée :

« Rien d'extraordinaire. C'était la première des connes que tu as rencontrée dans ta vie, il y en aura quatre cents qui suivent derrière, c'est comme ça pour tout le monde, faudra t'habituer. »

Nos Schmolles restantes étaient dans la précipitation, étant donné les effectifs restreints du tribunal, ainsi que celles de leurs collègues qui visaient, elles aussi, l'ultime chance d'obtenir la prime annuelle pour placement en foyer. Pour Clémentine, consultée en urgence, c'était peu probable. Les foyers sombraient dans une détresse grandissante avec l'absentéisme croissant des éducateurs. La violence devenait le premier exutoire dans leur quotidien du malheur et il y avait des blessés au couteau dans les bagarres entre ados. Les journaux en parlaient. Adrien Taquet, pour mémoire chargé de la Protection de l'enfance, s'en foutait, pardon, s'en tenait à la sobriété d'un communiqué exemplaire : « Les conditions d'accueil en foyer sont actuellement bouleversées. »

Après un conciliabule plutôt mouvementé, d'après les éclats de voix et les tapes répétées du plat de la main sur le bureau de Maxime, comme pour faire taire son alter ego dans la procédure – l'avocat de Mme Cornut –, la conclusion n'était pas brillante. Comme nous le savions, presque depuis le début de la procédure, le juge statuait en fonction des rapports des Schmolles. Uniquement. L'enfant n'était ni entendu ni écouté.

Conclusion de Clémentine, peu optimiste, qui refusait de citer ses sources, sans doute pour ménager Maxime : il n'était pas impossible qu'Alias puisse être rendu à sa mère et son père n'avoir qu'un droit de visite réduit à un samedi par mois, dans un lieu de rencontre.

Le rapport de la police, qui avait réclamé de la correctionnelle et un rappel à la loi, n'était jamais apparu au dossier. Dans celui des Schmolles, Maxime était resté un manipulateur et Alias un menteur pour avoir raconté les violences de sa mère.

Nous étions le 1er avril et ce n'était pas une farce.

Les règles du confinement à domicile se durcissaient. Personne n'était autorisé à s'éloigner de plus d'un kilomètre de son domicile. Je venais de déménager et c'était la distance qui me séparait d'Alias. Le lien ne serait pas rompu. Mails, téléphone et Cie. Mais ce coquin avait dû cavaler comme un poney au galop en rasant les immeubles et s'engouffrant sous les porches à la moindre ombre d'un flic qui l'aurait ramené vite fait chez lui. Il s'agissait donc d'un secret. Une page de cahier froissée, glissée dans ma boîte à lettres. Curieusement, ce texte ne m'était pas adressé. Je n'y apparaissais nulle part. Une écriture saccadée, des phrases séparées les unes des autres par de grands blancs. Une orthographe à la dérive.

« J'écris cette lettre le jour de mes 12 an. J'ai toujours été inquiet. Du fait que dans ma famille on me mentait souvent. Ça m'a rendu triste et en même temps heureux qu'on me cache la vérité. Oui, triste et conten qu'on me cache la vérité. Il y a des sujets trop durs pour les enfants. Triste parce qu'on ne me trouvait pas assez bien pour entendre la vérité. Qui m'as menti le plus ? Ma mère. Elle a dit qu'elle ne m'avait jamais batu. Alors que c'est faux. J'ai les marques. Quand elle me batait, ça me faisait quoi ? J'ai pas envie d'en parler. »

Alias, tu es pour moi l'une des étoiles telluriques qui brillent dans un ciel vide. Je t'avais raconté les étoiles, celles-ci ont une croûte aussi solide que la Terre mais il est impossible de s'y poser sans y disparaître. Tu seras le premier à ouvrir le chemin pour réapparaître. Ta lettre est devenue ma mission. Je témoignerai pour toi. Pour que tous les adeptes des sciences humaines (dites les Sciences Molles) mettent de côté leur supposé savoir, leurs acquis usurpés en psychologie de l'enfance. Pour vous autres, rien n'a jamais lieu sans être prévisible. La destruction d'un enfant par vos soins, pour vous, cela n'existe pas. La Protection de l'enfance, votre raison sociale, n'est qu'une caricature de ce qu'elle fut… désormais organisée comme un gagne-pain. Et doublée d'un hyperféminisme grotesque.

Au Centre Pompidou, une intelligence artificielle récite des prières en attendant la fin de l'épidémie. Et si elle pouvait réciter la lettre d'Alias ? Je suis certaine que beaucoup d'entre vous comprendraient non pas où ils mettent les pieds, mais où se trouve leur cœur.

Comme des milliers de Parisiens, dès la fermeture des écoles et l'annonce de celle des autoroutes, Martin avait filé chez ses parents avec ses deux gamins. Et petit mail enchanté : « Me voici de retour au pays, sous des jours ensoleillés, parmi les pinsons joyeux, les bergeronnettes besogneuses, et le coucou, métronome intarissable… J'apprends à mes garçons, en regardant la lune, à savoir quand il faut planter les patates et, dans la forêt, quel bois choisir pour faire les manches de couteau. »

Et moi, comme une idiote, je me suis surprise à pleurer, pourtant j'étais dans la rue et je ne pleure jamais tout haut, même pas une larme à l'enterrement de ma mère – ce qui eût été convenable… J'aurais tant voulu qu'Alias soit en sécurité, comme les garçons de Martin.

Ils réapprenaient le bonheur. « Tu te souviens de l'église ? La maison où je suis né est à deux cents mètres en contrebas, tu vois laquelle ? Avec mes fils, j'ai rénové le four à pierre et nous avons fait du pain pour environ trois semaines, comme mes parents le faisaient quand j'étais petit. Sauf que nous l'avons mis au congélateur. Cela n'a pas fait sourire ma mère, enveloppée dans son grand châle noir à petites fleurs blanches. Elle a toujours été sage et marrante à la fois. Elle m'a pris le menton entre deux doigts, ses yeux plongés dans les miens : "Progrès ou régression, par quel bout de la lorgnette tu vous regardes, tes fils et toi ?" Mes garçons adorent la couleur des yeux de leur grand-mère, ils disent : on dirait du Nutella. »

L'une des vaches avait trouvé bon d'accoucher près du ruisseau et les garçons s'étaient accroupis près d'elle, ils avaient la bouche ouverte et les yeux pleins de sourires. Ils lui caressaient le museau. Le bébé était tout blanc, baveux, duveteux, et sa mère le toilettait à grands coups de langue râpeuse. Tête penchée et cornes en avant, elle le bousculait un peu pour qu'il se lève. Une fois le veau hissé sur ses pattes flageolantes, sa mère a montré sa joie et son triomphe par ses tressaillements, ses coups de pied au sol et un long beuglement, comme une corne de brume qui convoque le soleil. Les enfants applaudissaient et criaient : « Papa, papa, viens voir ! »

Pendant ce temps, Martin faisait une longue promenade solitaire à travers les blés fauchés, émaillés de coquelicots. Il se jurait de prolonger l'enchantement, l'attirance, le rêve que ses garçons vivaient ici.

À son retour, un fourgon banalisé de la gendarmerie était stationné dans la cour de la ferme. Après avoir salué Martin, la main à la tempe sous le képi, un signe de respect envers un supérieur, ce qui n'était pas le cas et signifiait plutôt celui dû à l'annonce d'une triste nouvelle. Les gendarmes lui ont demandé ses papiers pour confirmer son identité. La mère de Martin se tenait debout à la porte de la cuisine, les bras repliés en croix sur son châle noir, de grands cernes rétrécissaient ses yeux, une colère inquiète dont elle ne savait pas encore quoi faire. L'un des gendarmes a encore salué Martin, main au képi. Une fois de trop, ce grand respect ; la mère de Martin a compris. Elle est rentrée sans un bruit dans la maison, en tirant doucement la porte derrière elle. Elle a entendu la lecture du procès-verbal de la chambre correctionnelle en date du… « L'attitude de Monsieur M. est réfractaire à l'autorité judiciaire et ne s'est pas soumise à la procédure. A enlevé ses enfants sans autorisation préalable. À la requête de la mère, la santé, la moralité des deux mineurs non émancipés ne sont pas respectées, etc., etc., ils seront placés en foyer… »

Un malheur comme celui-ci ne se raconte pas. Ni le reste, tout le reste. Les enfants ne savent pas se venger de l'injure que le monde leur fait.

Martin et sa mère ne se sont pas parlé après le départ du fourgon. Ils ne se sont plus regardés.

Ils n'ont pas soupé. L'un et l'autre se sont levés plus d'une fois dans la nuit. L'étincelante Vénus frôlait les Pléiades mais ni l'un ni l'autre n'a levé les yeux au ciel. Au matin, sa mère est entrée dans la grange. Martin s'était pendu à la grosse poutre, ses pieds touchaient presque le petit veau qui avait commencé à téter. Elle est sortie en hurlant comme les chiens ou les loups, tout en criant et en se bouchant les oreilles à deux mains : « Il dort, il dort, ne le réveillez pas ! »

Remerciements

À celle qui m'a soutenue pas à pas : Alix.

NORD COMPO
multimédia

Composition et mise en pages
Nord Compo à Villeneuve-d'Ascq

CET OUVRAGE
A ÉTÉ ACHEVÉ D'IMPRIMER
SUR ROTO-PAGE
PAR L'IMPRIMERIE FLOCH
À MAYENNE EN AVRIL 2021

N° d'édition : L.01ELJN000972.N001. N° d'impression : 98078
Dépôt légal : mai 2021
Imprimé en France